Jacques le Marrec

Assez de cet enfer

Enough of this hell

BoD

AVANT-PROPOS

◆

N'en déplaise à M. Menucci (député Marseillais), les vingt malfrats qui tombent annuellement, sous les balles de kalachnikov tirées par leurs concurrents sur le marché de la drogue, pèsent bien peu comparés aux dizaines de milliers de victimes du cannabis (accidents routiers et professionnels, suicides, surdoses, toxicité cardio-vasculaire, cancers, rixes….) et toutes les situations de déchéance sociale qu'il recrute.

Voilà encore un exemple typique d'argument fallacieux mais récurrent.

Le cannabis n'obscurcit pas seulement l'esprit de ses consommateurs, il atteint aussi gravement celui des bigots de sa légalisation. Ne nous y trompons pas, ceux qui aujourd'hui requièrent la légalisation du cannabis ont déjà, pour beaucoup d'entre eux, exprimé leur volonté de voir autoriser toutes les drogues. Il est vrai qu'ils ont plébiscité les « salles de shoots » destinées à accueillir les multiples victimes de leurs choix irresponsables. »

Pr J. Costentin [1] (Pourquoi la prohibition de l'usage du cannabis ne fonctionne pas

---

[1] Le Pr Jean Costentin est membre de l'Académie nationale de médecine et de celle de pharmacie. Il préside le Centre national de prévention, d'études et de recherches en toxicomanie (CNPERT). Il a notamment publié "Halte au cannabis !" et "Les Médicaments du cerveau".

Cet extrait de la lettre du Pr J. Costentin explique le titre de ce livre qui se veut volontairement angoissant et perturbant

Quant à ce visage torturé[2] n'exprime t'il pas toute la douleur du drogué, habité par le démon ?

◆

Jusqu'à présent, les scientifiques estimaient que le cannabis avait commencé à être domestiqué quelque part en Asie centrale, voire **aux marges de la Chine actuelle**, il y a à peu près 11.000 ans. Cette hypothèse n'est pas remise en question, mais est affinée.
A peu près à la même période les premiers européens appréciaient les diverses vertus du cannabis.
Les premiers plans de cannabis commencèrent à être disséminés il y a 10.000 ans pour ses propriétés psycho-actives, mais surtout pour ses bénéfices alimentaires, médicaux et textiles.

   Il y a environ 5000 ans, quand les peuples nomades européens découvrirent que le cheval était un moyen de transport, ils tissèrent

---

[2]Tiré du **groupe du Laocoon** qui est une sculpture grecque antique conservée au musée Pio-Clementino, au Vatican, dans la collection Vaticane, Belvédère, n°74. Elle représente le prêtre troyen Laocoon et ses deux fils attaqués par des serpents, scène décrite notamment dans l'Odyssée et l'Énéide.

Des itinéraires du narcotrafic qui n'ont cessé de se diversifier.

Loin d'enrichir la population le maillage d'un réseau commercial transcontinental par le Corridor du Hexi[3] qui devint la célèbre route de la soie quelques millénaires plus tard.

Au cours des dernières décennies, les des pays d'origine, et en particulier les paysans qui produisent les cultures illicites, l'essentiel des profits, blanchis et recyclés, demeure dans les grands pays importateurs où les psychotropes sont vendus et consommés.

◆

Comment ne pas être soucieux devant une problématique qui ne cesse de naviguer entre les deux rives de la Méditerranée et deux courants de pensée !

Celle de la côte Africaine et celle de l'Europe,

Ceux qui requièrent la légalisation du cannabis
et

Ceux qui dénoncent la chaîne de complaisance et de complicité avec le lobby de la drogue

◆

---

[3] Le corridor se situe entre le plateau tibétain et le désert de Gobi. Il passe par plusieurs oasis.

Le scénario de cette fiction se déroule dans différents endroits du globe, cependant les acteurs principaux sont issus de :
- La ville de Marseille qui fut choisie en raison de l'excellent travail qu'effectue « L'Evêché », c'est-à-dire le 36 Quai des Orfèvres marseillais, tandis que
- Le Rif marocain quant à lui, est confronté avec les dispositions gouvernementales prises dans les toutes dernières années ainsi que les pressions exercées par les pays européens pour trouver des solutions au problème du kif.

Ils révèlent la gravité de la situation.

En ville, la détérioration des conditions de vie causée par les différents problèmes urbains, tels que l'eau potable, les décharges sauvages, et les stations d'épuration semblent insurmontables pour accéder à la satisfaction d'un environnement élémentaire.

Parler de "substitution" du kif est une formulation erronée du problème car aucune activité économique légale ne peut lui résister dans les conditions concrètes actuelles du marché.
A court terme, la situation est tellement compliquée qu'il n'est plus possible de freiner la tendance actuelle.
Compte tenu de son extension exponentielle et des incertitudes scientifiques actuelles, l'application des principes de précaution

s'impose si l'on veut éviter des catastrophes sociales et écologiques imprévues.

D'une part, les aspects socioculturels doivent être hautement considérés ; les premières préoccupations à ce propos doivent tourner autour de la scolarisation et la lutte contre l'analphabétisme, l'exploitation des femmes et la poussée démographique. D'autre part, le développement des connaissances scientifiques sur les structures et les dynamiques actuelles de fonctionnement doit être enseigné.

L'Université de Tétouan, principal établissement scientifique dans le Rif peut et doit jouer un rôle moteur à ce niveau.
L'expérience du Groupe d'Ecologie de cette université dans le développement d'une activité scientifique collective, doit coopérer avec d'autres départements, services publics et établissements étrangers
Enfin, l'acquisition d'une infrastructure de recherche constituerait un bon exemple des possibilités d'action malgré l'atmosphère générale décourageante.

La fiction ici relatée prend sa source à Marseille, ville méditerranéenne par excellence qui accueille chaque année de jeunes rifains qui, obligés de quitter le nid familial, tissent des tissus relationnels parmi des compatriotes déjà installés.
Le regroupement s'effectue dans des quartiers défavorisés où règnent la corruption et la perversion.

*

Dalil, issu d'une famille pauvre du Rif marocain est stagiaire à l'O.M de Marseille.
Ses parents déjà âgés sont confrontés à la succession de leur ferme.
Hamou le fils et son épouse expriment avec insistance leur volonté de leur succéder et de les garder sous la réserve expresse de la culture du cannabis ; seule production capable à leurs yeux, de leur garantir un revenu décent.
L'opposition ferme et sans appel de ses parents pour des raisons religieuses et d'éthique les entraineront dans des aventures douteuses, incertaines et dangereuses.
La sœur Layla partie rejoindre son ami en Syrie vivra l'enfer des jeunes filles et femmes soumises à la doctrine djihadiste.
Quant à l'aîné de la famille, officier supérieur dans les Forces aériennes royales du Maroc, il participera activement à une mission secrète en étroite collaboration avec le F.B.I et La D.G.S.E. et en dehors des conventions internationales.

*

PROLOGUE

♦

Le bassin méditerranéen est la zone touristique la plus fréquentée du monde et peut-être la plus ancienne du monde.

La plupart des flux touristiques sont dirigés vers les pays du nord des rives méditerranéennes.

    Un déséquilibre s'installa entre les deux rives de la Méditerranée.

La France, l'Italie, l'Espagne et la Grèce sont aujourd'hui confrontées à des défis et des opportunités communs.
Elles connaissent une croissance faible, subissent la montée des inégalités et des crispations identitaires liées à la persistance du sous-emploi de l'Egypte, la Tunisie, le Maroc et la Turquie qui de ce fait, ne peuvent pas se développer.

♦

La migration irrégulière[4] concerne essentiellement les hommes mais de plus en plus de femmes et même des enfants mineurs émigrent dans les mêmes conditions.
 - Elle demeure un vaste sujet dont les dimensions politique, économique, culturelle et sociale constituent une question sensible.

---

[4] Tendances récentes et nouvelles drogues 2014- Rapport de l'enquête TREND - Site de Marseille

- Elle mélange des éléments hétérogènes tels que la criminalité, la drogue, le terrorisme, la montée du chômage et de l'insécurité qui génère une problématique particulièrement complexe et qui s'intensifie.

*

La Méditerranée et l'Afrique de l'Ouest sont devenues en quelques années les principales zones de transit du trafic mondial de drogues.

Ce nouveau statut s'explique par différents facteurs endogènes et exogènes.

La spécificité géographique de cette région méditerranéenne, accentuée par une immense étendue désertique rendent les frontières poreuses et complexifient le contrôle de ce territoire par les autorités étatiques africaines qui profite tout d'abord aux trafiquants de drogue.

La faiblesse structurelle des différents pays de cette région à laquelle s'ajoute une corruption endémique des administrations, expliquent ce point faible.

La grande pauvreté du continent africain ainsi que le peu de perspectives offert aux jeunes profitent aux groupes criminels transnationaux qui recrutent des autochtones et attirent des trafiquants.
Cela s'explique par la demande européenne croissante de stupéfiants qui offrent des marges commerciales particulièrement élevées sur la façade nord de la Méditerranée.

L'histoire révèle que les flux criminels précèdent les structurations terroristes, en favorisent l'émergence et finissent souvent par les justifier.

    L'AQMI[5] constitue l'exemple emblématique de cette évolution :

        Filiation des GIA (Groupe islamique armé) et
        GSPC (Groupe salafiste pour la prédication et le combat).

De 1992 à 1998, l'Algérie, à la suite de revers militaires qui lui fermaient toutes perspectives politiques et affairistes sur son territoire redéploya ses Katiba[6] dans le grand Sud. Dans ces zones frontalières sahéliennes, les activistes découvrirent de fructueuses opportunités comme les trafics de cigarettes, d'essence, de voitures, d'êtres humains et surtout d'otages.

Ils réactivèrent de vieilles logiques territoriales et identitaires des prédicateurs commerçants

---

[5] l-Qaïda au Maghreb islamique (Aqmi)
Al-Qaïda au Maghreb islamique est le fruit de l'allégeance du GSPC (Groupe salafiste pour la prédication et le combat) à Al-Qaïda. Le GSPC avait été créé en Algérie en 1998. Le but d'Aqmi : renverser le gouvernement algérien pour instaurer un califat islamique, entre le nord du Mali, le Niger occidental et la Mauritanie orientale. Mais aussi multiplier les attaques contre des cibles occidentales : pour le juge français Marc Trévidic, Aqmi constituait en 2014 la principale menace terroriste pour la France.

[6] Camp d'entraînement mobile pour combattants islamistes

qui dés le XIVe siècle écumaient toutes les pistes du Sahara.
Ils évoluèrent et se développèrent sans stratégie préétablie, sans centre, sans ligne de front mais toujours au gré d'alliances, de potlatch[7] ou de mariages…

Au trafic traditionnel du cannabis s'ajouta – depuis le début des années 2000 – l'arrivée des grands cartels sud-américains (colombiens et vénézuéliens) de la cocaïne qui cherchaient, en raison des progrès de la lutte anti-drogue, à diversifier les flux interaméricains et à consolider leurs débouchés européens en passant par l'Afrique de l'Ouest, le Sahel et le Maghreb.
Aux aérodromes de brousse vinrent s'adjoindre plusieurs têtes de pont portuaires le long des côtes du Sénégal jusqu'au golfe de Guinée en privilégiant les deux Guinée (Bissau et Conakry). Ces flux transocéaniques s'intensifièrent d'autant plus qu'aucune marine nationale locale n'était en mesure de les perturber.
L'économie souterraine liée au trafic de drogues demeure un obstacle majeur aux politiques de prévention, d'autant plus que de nombreux actes de délinquance ou de violence y sont associés.

---

[7] Une personne offre à une autre un objet en fonction de l'importance qu'elle accorde à cet objet (importance évaluée personnellement) ; l'autre personne, en échange, offrira en retour un autre objet lui appartenant dont l'importance sera estimée comme équivalente à celle du premier objet offert.

Or, en dépit d'évolutions juridiques notables, les sommes confisquées en France dans le cadre d'affaires de stupéfiants restent très en deçà des résultats obtenus par plusieurs de nos voisins européens.

La lutte contre l'offre et le trafic de produits stupéfiants implique d'agir à toutes les étapes du processus de culture, de production, de transformation et de trafic des stupéfiants, en prenant en compte un meilleur partage des tâches et en mutualisant les moyens permettant de mener cette lutte.

Les trafiquants dotés de moyens financiers considérables s'ingénient à contourner l'action des services chargés de lutter contre le trafic. Ils répondent ingénieusement aux outils et méthodes de contrôle et d'investigation de ces services en renouvelant en permanence leurs filières (routes et produits) ainsi que leurs modes opératoires.
Ils exploitent toutes les possibilités qu'offrent :

> Les techniques de dissimulation,
> Les modes de transport,
> Les moyens de communication
> (téléphonie satellitaire, les messages électroniques ainsi que le cloisonnement des réseaux)

Cette capacité d'adaptation explique pour partie la faiblesse des saisies, au regard des quantités écoulées et des profits générés.

Face à ces réseaux très organisés, une riposte rapide et pertinente s'imposa aux différents acteurs chargés de la lutte contre le trafic.

Ils ripostèrent en améliorant leur système d'information et en coordonnant les services chargés de la lutte contre le trafic. Ils exploitèrent de nouvelles technologies, notamment dans la téléphonie, la géo localisation et la sonorisation. Ils infiltrèrent les réseaux et eurent recours aux repentis lorsque leur protection était assurée.
Le profilage, c'est-à-dire l'analyse des produits saisis fut entreprise en même temps que l'identification des filières.
Le contrôle et l'interception des véhicules furent intensifiés afin de faciliter la découverte de drogues et l'interception des transporteurs.

♦

Chapitre I

♦

Marseille

♦

Comme beaucoup de jeunes qui aspirent à devenir un Zidane, je suis arrivé à Marseille.

Je ne suis pas le premier, ni le dernier car Marseille est depuis toujours une ville de transit et une étape pour beaucoup de voyageurs.
Cette immigration fut loin d'être homogène ; Aux côtés des Arabes algériens, marocains et tunisiens s'joutent les réfugiés juifs et Pieds Noirs.

Les juifs transitèrent parfois par Marseille avant de partir pour Israël, certains y restèrent, ce qui porta la population juive à 50.000 personnes après l'exode. La population juive française en cours d'ascension, composée de professions libérales, d'artisans, de commerçants s'étonnèrent des caractéristiques des israélites du Maghreb qui représentaient un nouveau « prolétariat juif », plus pauvres qu'eux, notamment chez les Marocains et une partie des Tunisiens qui étaient moins qualifiés qu'eux.
Confrontés à un mode de vie et à des rituels inconnus, ainsi qu'à une culture méditerranéenne éloignée de la traditionnelle

discrétion ashkénaze[8], les juifs de France sont surpris, voire agacés.

Les Maghrébins s'installèrent dans le centre-ville en remplaçant les anciennes vagues migratoires. Ils s'installèrent à Noailles, Belsunce et le Panier. Des magasins s'ouvrirent par nationalité : Italiens, corses, algériens, marocains, tunisiens et libanais.

La ville fut tolérante pour ce qui concernait la pratique des cultes.

Mais d'autres immigrants occupèrent des bidonvilles au nord de la ville.
Les Arabes nord-africains et leurs descendants seraient aujourd'hui 200.000 personnes soit 23 % du total, formant ainsi la seconde communauté d'origine étrangère de la ville après les Italiens.
Au moment de l'indépendance de l'Algérie, les Pieds-Noirs étaient un million de personnes.

---

[8] Ashkénaze : les Juifs de l'Europe occidentale, centrale et orientale qui sont d'origine et de langue germaniques par opposition à ceux qui sont originaires d'Espagne et sont dits séfarades (sefardim) »[1,2] et aux Juifs descendant des communautés juives des régions proche et moyen-orientaux dit Mizrahim. Leur nom vient du patriarche biblique Ashkenaz[3]. Les communautés ashkénazes se sont principalement concentrées en Allemagne, en Pologne, en Russie, dans l'ancien Empire austro-hongrois et, de façon plus clairsemée, dans le reste de l'Europe centrale et orientale[4]. Les Ashkénazes sont caractérisés par des coutumes, un héritage culturel et des traditions religieuses particulières. À la différence des communautés séfarades ou mizrahim, la langue vernaculaire des Ashkénazes est le yiddish[5] (langue indo-européenne voisine de l'allemand enrichie d'emprunts à l'hébreu, au polonais et au russe[6]). Certaines sources[7] attestent de leur présence dans toute l'Europe du nord-ouest au début du Moyen Âge. Les Ashkénazes constituent aujourd'hui la catégorie la plus nombreuse du judaïsme mondial.

En 1962, 450.000 d'entre eux gagnèrent Marseille, dont 100.000 y restèrent. Ils furent alors confrontés à une certaine hostilité des pouvoirs publics et d'une partie de la population.

Les juifs quant à eux, étaient 130.000 en 1948 en Algérie. Beaucoup quittèrent ce Pays pour la France aux côtés des Pieds-Noirs. Certains transitèrent par Marseille avant de partir pour Israël.

L'arrivée des juifs séfarades d'Algérie modifièrent la communauté israélite de Marseille qui s'élèverait à 80.000 personnes, devenant la troisième communauté juive d'Europe. En 1986, Marseille recensait 22 synagogues, aujourd'hui 58.

Chaque rite ayant la sienne : comtadin, marocain, turc, égyptien, sud-marocain, séfardo[9]-marocain, sud-oranais (pour les juifs de Colomb-Béchar) et même djerbien pour ceux de Djerba.

La tradition religieuse est suivie par 20 % qui participent assidûment à la vie communautaire ; les mariages mixtes se multiplient, à raison d'un sur deux.

La communauté israélite de Marseille serait d'environ 70.000 à 80.000 personnes, devenant ainsi la troisième communauté juive d'Europe, après celles de Paris et de Londres.

Depuis l'indépendance des Comores en 1975, une importante communauté comorienne s'installa, estimée entre 50 et 100.000

---

[9] Séfardo-marocain constitue une branche du judaïsme qui suit le judaïsme liturgique espagnol et portugais (en particulier dans la prononciation des mots des prières).

personnes, soit prés de 10 % de la population marseillaise.

Marseille est une ville multiculturelle qui trouve ses sources dans un Orient mystifié, générateur de richesses et de profusion et un Occident industrialisé avide de main d'œuvre étrangère.

Mais Marseille est le point d'entrée maritime français du sud et demeure le proche voisin de la région du Rif au Maroc, premier producteur de marijuana. La liaison maritime est directe, tandis qu'elle est indirecte par la route qui passe par l'Espagne au moyen de go fast (voiture rapide).
Le trafic de drogue reste très juteux, il génèrerait entre 10 à 15millions d'euros de bénéfices par mois dans la ville.
Le réseau le plus important est celui de La Castellane[10] qui accueille en moyenne plus de 3000 clients par jour, soit deux fois plus que les neuf autres cités (en moyenne 1500). Elle est le symbole du trafic de cannabis à Marseille. Son chiffre d'affaire atteignait 50.000 € dans la seule tour K.

♦

Les règlements de compte donnent à la ville une mauvaise image et conduisent certains à parler de désinformation. Ne sont-ils pas surmédiatisés, alors qu'ils ne représentent que

---

[10] Cf : https://fr.wikipedia.org/wiki/Milieu marseillaisis

10% des homicides commis en France chaque année ?
Cela s'explique par l'inégalité qui se constate dans cette ville. Une partie significative est très pauvre tandis que de grandes fortunes y sont nombreuses.
Le revenu moyen des 20% les plus riches est 5,4 fois supérieur au revenu moyen des 20% les plus pauvres.
Les taux de pauvreté varient de 25 % à plus de 40 % dans les quartiers nord de la ville ; la Castellane est l'une de ses nombreuses cités des quartiers nord.
C'est une métropole duale qui connaît une fracture sociale qui est spatiale ; le nord est pauvre, le sud est riche.
Marseille est une ville d'immigrations qui s'est construite à la fin du 19° siècle sur l'arrivée massive d'Italiens, puis des Arméniens et des Corses.
Au début du 20° siècle et dans sa seconde moitié ce sont les Maghrébins qui grossirent cette immigration depuis 1950. La décolonisation, la reprise économique et l'encouragement du gouvernement français à la venue des travailleurs algériens en furent à l'origine.

♦

Chaque réseau est articulé sur le même mode opératoire : une hiérarchie du travail fondée sur la pyramide traditionnelle de la mafia avec ses soldats et ses capos.
Le coût de fonctionnement, notamment les frais d'intermédiaires et de main d'œuvre

s'élevaient à 50.000 € par mois. Toutefois, la matière première, c'est à dire le kilo de haschich générait un bénéfice de 10.000 euros pour un prix d'achat de 2.250 euros.

La base de la pyramide est occupée par :

- Les « choufs » (les guetteurs souvent des mineurs au motif que la justice ne les arrête pas), ils surveillent les abords de la cité et préviennent de l'arrivée de la police par des cris de «Ara, ara » (attention) ou de « Kahab » (casse-toi). Ils gagnent entre 30 à 100 € par jour.
- Les « charbonneurs » ou « crikteurs ». Ce sont les vendeurs qui sont en contact avec le client. Ils occupent des points de vente ou (plans stup). Leurs salaires varient de 4.000 à 6.000 € par mois.
- Le gérant ou le dealer dirige le point de vente et gère l'approvisionnement et collecte l'argent de la vente.
- La nourrice qui stocke la drogue chez elle, sous la contrainte ou non. Elle n'a pas de salaire fixe, est rémunérée en nature par le paiement des loyers, des charges, par l'approvisionnement du réfrigérateur, l'achat de vêtements, de jouets pour les enfants…La protection des narcotrafiquants leur est assurée.
- Le coursier ou le réapprovisionneur qui ravitaillent les vendeurs en drogue. La rémunération varie de 5 à 10.000 € par mois.

- Les coupeurs qui découpent les lamelles de haschich.
- Les go-fasters qui traversent la frontière espagnole en dissimulant la drogue dans leurs véhicules.

◆

Chapitre II.

♦

Je suis Berbère, le Rif marocain est ma patrie

♦

Nous sommes originaires du Rif marocain. Mes ancêtres étaient et nous sommes toujours des berbères.

Nous vivons dans la montagne qui borde le littoral méditerranéen du Maroc.
C'est une région pauvre dans laquelle les paysans et ma famille tentent de vivre des productions de leur ferme.
Hélas, les dispositions gouvernementales prises dans les toutes dernières années ainsi que les pressions exercées par les pays européens pour trouver des solutions au problème du kif révèlent la gravité de la situation.

C'est un problème complexe qui nécessite une vraie stratégie pour que nous adhérions aux différents projets. Toutes les dimensions du problème devraient être prises en compte, notamment les facteurs humains, sanitaires, sociaux, économiques et culturels du Rif. Ensuite, les intégrer dans un cadre légal et réglementaire qui tiendrait compte d'abord des intérêts des paysans et des habitants de la région.

Il ne peut être traité uniquement sous les aspects technico-économiques, pour corriger les insuffisances de développement de la zone sous la pression internationale.

◆

La culture du cannabis, depuis son introduction aussi bien par les régimes qui gouvernèrent le Maroc que par les autorités du protectorat Espagnol et Français, a toujours vécu entre l'autorisé et l'interdit.
Nous avons progressivement adopté cette culture sans nous rendre compte que nous servions inconsciemment les intérêts économiques et politiques des gouvernants et leurs relais
Mes parents refusent cette culture par respect de la religion, mais mon frère veut succéder à mes parents et s'enrichir en cultivant le cannabis.

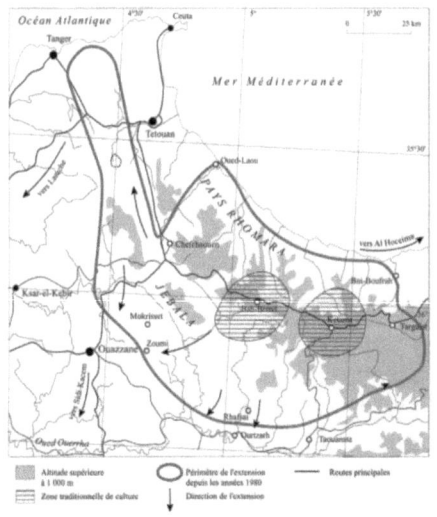

Périmètres de production du cannabis

◆

Chapitre III

♦

*Marseille –
Quartier Castellane
Contrôle de police*

♦

Que faites-vous ici, dans ce quartier[11] ?
Vos papiers d'identité S.V.P
J'attends un ami
Quelle sorte d'ami ?
Un stagiaire à l'O.M
Quel est son nom
Dalil, un jeune marocain
Comment l'avez-vous rencontré ?
Dalil m'accosta de cette façon

« S'il te plait, peux-tu m'indiquer un foyer pour jeunes ? »

Depuis quand le voyez-vous ?

Si ma mémoire est bonne, je pense que c'est depuis le printemps 2015 ; nous rentrions de vacances.

Son histoire est celle de milliers de migrants qui viennent à Marseille pour fuir la misère de leur pays d'origine.
Lui est marocain, ses parents sont des cultivateurs du Rif au Maroc qui vivent chichement de leur production vivrière.

---

[11] Quartier Castellane

Comme la plupart des enfants en âge de travailler, ils sont contraints de s'expatrier.
Dalil vint naturellement à Marseille pour tenter d'entrer à l'O.M.
Il aspire suivre les traces de joueurs très connus (Mehdi Benatia, Samir Nasri, Olivier Echouafni), mais il sait que les facteurs économiques sont déterminants. Les clubs nationaux et internationaux recherchent les plus talentueux parmi tous les jeunes.
Il vit seul ; il n'a pas l'affectivity de sa famille. Seules quelques correspondances ou visites de frères ou cousins. Ma compagnie lui est bénéfique car il subit une pression énorme ; les clubs recherchent des jeunes talentueux pour les emmener au niveau professionnel et ensuite les vendre aux clubs nationaux et internationaux…
La pression est énorme et il est seul, c'est-à-dire que sa famille est éloignée. Il est encadré certes, mais l'affectivité d'une famille est absente ; seules quelques correspondances ou visites de parents (frères, cousins…).

Quels sont vos rapports ?

Nous ne nous voyons qu'occasionnellement, parfois au stade, parfois devant mon lycée.
Il me parle de son Pays, de ses entrainements.
Il a la nostalgie du Rif marocain.
Ses parents sont des petits cultivateurs du Rif. Ils travaillent pour une coopérative et sont protégés par la gendarmerie royale et des notables locaux.

Ils sont bien considérés et leurs revenus sont plus rémunérés depuis leur entrée dans cette coopérative.
Avant, ils étaient très pauvres et ne pouvaient pas subvenir à l'entretien de leurs enfants.
C'est pour cela que Dalil est arrivé en France. Comme il jouait au football dans la rue avec ses copains, un monsieur a conseillé ses parents de l'autoriser à venir à Marseille.
Peut-être pourrait – il être recruté à l'O.M[12] leur disa t'il ?
Connaissez-vous Nouri ?
Non
Etes-vous allé à la Castellane, Air Bel, Font-Vert, Picon-Busserine ?
Non.
Vous confirmez
Oui
Dalil a-t-il de la famille qui vient le voir ?
Je ne sais pas, parfois il me parle d'un grand frère qui est pilote, mais je ne l'ai jamais vu.

–Pourquoi me posez-vous toutes ces questions ?

Nous cherchons des informations par routine et nous entrons les renseignements recueillis dans notre base de données.
Merci de nous avoir éclairés sur l'origine de Dalil.

♦

Cet ado ne semble pas être impliqué ; nous avons ses coordonnées, nous les entrerons dans notre fichier.

---

[12] L'Olympique de Marseille

Chapitre IV

♦

Une voiture s'arrête

♦

Allan - que fais-tu par ici ?
Bonjour Patricia
Monte
Tu viens souvent à Castellane ?
Non
Tu sais que le quartier est fréquenté par des réseaux de trafiquants ; je ne pense pas que tes parents apprécieraient de te savoir dans ces parages !
Que fais-tu ?
Pourquoi me poses-tu toutes ces questions, je ne fais rien de mal, je viens voir un ami élève footballeur à l'O.M.
Comment s'appelle –t'il ?
Dalil
Est-ce un marocain ?
Oui
Comment est-il ?
Il est gentil, l'éloignement de sa famille le démoralise ; il ne voit presque personne ... De temps en temps un cousin, un grand frère !
Bon, mais évites de le voir par ici ! Je te dépose chez toi.
Merci Patricia
Au revoir

***

Chapitre V

♦

*« L'Evêché «
Briefing*

♦

La prise de haschich à Tanger du 20 décembre 2015 fut un point de départ qui annonçait que la filière marocaine passait par Tanger. Depuis, elle est confirmée par la prise de cannabis effectuée par la gendarmerie royale du 05 mars 2016.
Des barons de la drogue ont été arrêtés par le B.Cl.J[13] le 13 avril dernier.
L'effet de l'augmentation des salaires (entre 250 et 500 dirhams) de l'ensemble des fonctionnaires de la Direction Générale de la Sûreté Nationale (DGSN) du Maroc a des répercussions positives immédiates[14].
Quant à nous, l'approche globale et les « coups de poing » semblent ralentir les activités et les meurtres.
Nous devons continuer et renseigner au quotidien notre base de données. Pour ce faire, nous renseignerons à chaque évènement le B.I .R [15].
Cet outil recense pour chaque intervention, contrôle...

---

[13] Le Bureau central d'investigations judiciaires
[14] Cf (http://www.bladi.net/salaires-police-maroc-augmentation,43954.html

[15] B.I.R : Bulletin individuel de renseignement

Le Q.F.Q.O.Q.C (Qui – Fait Quoi – Où – Quand – Comment).

Lorsque nous croisons les données enregistrées, le logiciel nous offre alors 80% des renseignements qui orientent nos actions futures avec une précision remarquable.
La coopération entre les services de gendarmerie, la police, la douane, les services sanitaires …apporte au quotidien de la valeur ajoutée à notre dynamique.

Nous devons infiltrer toute la chaîne de l'organisation du trafic et construire l'organigramme à l'aide du B.I.R. Puis l'étude détaillée de cette organisation par zone et par commissariat nous révélera nos progrès ou nos manques.

1. L'organisation du trafic

Nos contrôles et les différents interrogatoires nous ont permis de mieux cerner l'organisation du trafic.

Le transport de la drogue s'effectue en :
- Fly Fast avec utilisation de matériel de vision nocturne dernière génération et des systèmes de navigation sophistiqués, sans oublier les lunettes de vision nocturne.

- en go fast ou slow fast (voiture moins rapide),
- ou par bateau (conteneurs).

Le personnel est motivé par le gain, leurs missions sont :

1. Le dealer est en lien avec le chef de réseau, il gère l'approvisionnement du stock et collecte l'argent de la vente.
2. La nourrice est la personne chargée sous la contrainte ou non de conserver le stock. Elle n'a pas de salaire fixe, mais est rémunérée en nature, par le paiement des loyers, des charges, en remplissant le réfrigérateur et en achetant des jouets, des vêtements…pour les enfants
3. Le coursier est chargé d'approvisionner le charbonneur. Il va chercher et conditionne la drogue chez la nourrice et il remet l'argent au dealer. Son salaire est estimé entre 5 à 10.000 € par mois.
4. L'A.O.C (appellation d'origine contrôlée). C'est le lieu de vente
5. Le charbonneur ou le crikteur. C'est le vendeur, il est en contact direct avec le client. Son salaire pour 11 à 23 heures de travail varie de 3.000 à 6.000 € par mois, selon l'emplacement. Il est nourri.
6. Le rabatteur est celui qui cherche les nouveaux clients pour les amener dans le secteur de vente. Son salaire est entre 500 à 1.000 e par mois

7. Le chouffeur, c'est-à-dire le guetteur. Ce mot est dérivé du mot arabe qui veut dire regarder. Il crie « Ara, ara », ce qui signifie « Attention à l'arrivée des forces de l'ordre, ou « Kahab » « casse toi » ». Son salaire est de 1.500 par mois pour 11 à 23 heures de travail.

◆

2. Equipe de policiers

◆

Nous définissons notre doctrine sous le label des 3 E :

1 – Une Equipe – 2 – l'Efficience –3 - l'Efficacité.

Une bonne équipe se caractérise par ses qualités personnelles, sa complémentarité, la confiance réciproque, mais aussi l'estime d'appartenir à part entière à cette entité.
L'efficience c'est la capacité de chaque membre de cette équipe d'obtenir de bonnes performances dans un type de mission donnée, voire particulièrement complexe.
L'efficacité se mesure par l'obtention de résultats avec le minimum de moyens et d'efforts.
C'est la loi des 80-20, c'est-à-dire qu'avec 20% de moyens il faut obtenir 80% de résultats.

Pour toute filière, l'argent est le nœud gordien, le nerf de la guerre.

Donc, connaître l'organigramme du dealer au consommateur c'est peser plus ou moins sur la qualité de cette filière. Le renseignement est précieux, sa vitesse de circulation devient primordiale. Nos outils étant quotidiennement mis à jour, les réponses apportées par le logiciel sont accessibles à toutes les autorités habilitées à l'aide de leur code personnel.

Nous avons enregistré de remarquables prises :

En deux ans :

1. 192549 contrôles furent effectués qui ont générés 500 fiches de recherches et 4916 interpellations.
2. 88984 véhicules contrôlés impliquèrent 16434 infractions routières et récoltèrent 582 kg de cannabis, 10 kg de cocaïne, 83 armes de poing et 66 armes longues.
3. La réduction de la délinquance de masse, mais un absentéisme policier dû à un mal-être provoqué par le ressenti d'une absence de reconnaissance de leur travail. ?

Nous allons demander à FR 3 de nous réaliser un documentaire qui aura pour mission de valoriser nos équipes et surtout de sensibiliser la population aux valeurs humaines.

Ces excellents résultats tirés de l'approche globale devront générés grâce à des actions de répression, de dissuasion et de harcèlement des bandes organisées, des résultats d'amélioration du cadre de vie des habitants par une approche sociale concertée.
Nous resterons malgré ces avancées, extrêmement attentif à leurs réactions, car nous imaginons qu'ils ne resteront pas les bras croisés et qu'ils chercheront de nouvelles zones de trafic.
Nous intensifierons nos contrôles dans les aéroports et les zones portuaire et avec les autres services de la gendarmerie et de la douane, nous établirons des contrôles inopinés sur des trajets potentiellement favorables à leur point de chute.

♦

La nouvelle culture hybride du cannabis étant de plus en plus utilisée par les trafiquants marocains. Les rendements sont trois à cinq fois supérieur au cannabis traditionnel .
Elle fut très probablement importées d'Europe au début des années 2000 ce qui explique que, malgré une baisse réelle des surfaces utilisées pour la culture du cannabis, la production de résine de cannabis demeure stable.
Une dizaine d'hybrides différents ont déjà pu être identifiés au Maroc, telles que la khardala (ou le « mélange »), la gawriya (l'européenne), la romiya (la « romaine » ou l'étrangère), la pakistana, la jamaicana ou la mexicana.

Le recours aux hybrides explique aussi la hausse rapide et importante du taux moyen de tétrahydrocannabinol (THC) de la résine marocaine, telle qu'observée sur les saisies dans divers pays de l'Union européenne et notamment enFrance.

♦

Nos contrôles de routine nous apportent de nouvelles pistes ; la dernière en date fut celle d'un adolescent, lycéen qui se trouvait dans le quartier Castellane.
Que faisait-il ? Nous l'avons interrogé ; ses réponses nous laissent penser qu'il n'est pas impliqué mais le motif de sa présence (l'amitié avec un jeune footballeur prénommé Dalil, d'origine marocaine) mérite que nous surveillons ce jeune.

De telles pratiques nous conduisent à des réseaux bien structurés.

Nous poserons discrètement sur les châssis de certaines voitures des traceurs de longue autonomie. Conçus pour résister à des conditions difficiles, ces GPS sont étanches et durables. Avec un boitier super aimanté, il peut être installé sous un véhicule pour un suivi précis. De la taille d'une boite d'allumettes, donc facilement dissimulables, ils permettent soit le renvoi des coordonnées géographiques, soit le suivi en temps réel des différents déplacements.

C'est le même principe de fonctionnement que sur les Smartphones.

Les nouvelles technologies apportent des innovations intéressantes pour l'espionnage des trafiquants, ou des criminels qui sévissent sur Marseille et ses banlieues. Ce sont des :

- Carte SIM cloneable
- Saisie de carte SIM
- Clé USB récupération de données
- Clé USB récupération Whats App

Marseille est un nouveau « Chicago » ; la délinquance et le crime sont bien présents sur Marseille et sur sa banlieue : Casses, embuscades, kalachnikov et règlements de comptes, complètent les trafics de drogue.

Les intérêts financiers de chaque gang sont si importants que les rivalités sont constantes. Ainsi les règlements de compte se multiplient-ils sur Marseille et sur sa banlieue.

Certes les nouvelles technologies sont des atouts indéniables mais rien ne remplace le savoir humain.
Nous recrutons des profils recherchés qui dépendent bien évidemment du poste dont il est question. Il s'agit là de postes tout à fait classiques qui sont ce que l'on appelle des postes périphériques. Ce sont des supports aux officiers de renseignement. .

Par exemple pour les traducteurs, il n'y a pas de diplôme type.

Ce que l'on recherche ce sont des personnes bilingues. La question à se poser est donc de savoir quelles sont les langues rares.

Les dialectes les plus recherchés sont l'arabe en tant que telle.

Cependant les terroristes viennent de Tchétchénie, du Maghreb, d'Asie centrale, du Pakistan.

Leurs langues ne sont pas rares, mais elles sont peu parlées en France. La difficulté de trouver l'interprète est évidente puisque nous recourons à des non-diplômés. Le recrutement s'effectue dans les minorités. Nous les trouvons parmi les personnes ayant servi d'interprète à l'armée française sur le terrain, en Bosnie, en Afghanistan etc.

Nous avons aussi besoin des services des gens titulaire d'un doctorat, notamment pour l'interprétation des textes sur l'Islam. Ils nous apportent une plus-value particulière pour nos analyses macro-politique à long terme.

La somme des informations que nous récoltons sur le terrain implique que nous ayons recours à des personnes ayant un niveau d'études supérieures à Bac+5 ayant en plus une bonne connaissance du monde arabe, du terrorisme ou d'un pays en particulier.

Ces personnes qui disposent d'une masse de savoirs sont plus rapides dans l'apprentissage du travail d'analyse.

Ce métier d'analyste s'apprend en étudiant de multiples informations que nous récoltons.

Cela consiste à faire dire un certain nombre d'hypothèses aux informations.

Les diplômés recherchés le sont en sociologie, en relations internationales, en criminologie, en géopolitique etc.

Nous avons la chance d'avoir à Marseille :

« La Grande école du numérique »

Il s'agit de Simplon, la fabrique sociale de codeurs ; elle forme les développeurs du Web, les référents numériques, les datartisans, et les applications pour mobile.

L'informatique étant omniprésente, les informaticiens doivent préparer les programmes d'investigation pour que les analystes suivent constamment ce qui se passe sur les réseaux et aussi protègent les sites des attaques des hackers étrangers. Parmi les informaticiens, on trouve ceux qui vont préparer les systèmes pour que les analystes puissent suivre constamment ce qui se passe sur les réseaux.
La deuxième chose est de protéger les sites des attaques des hackers étrangers.
L'investigation informatique est non seulement essentielle mais elle doit impérativement être exempte de tout soupçon, de toute équivoque.

♦

Flash info

Dalil aide –moi, je veux revenir prés de toi, je suis malheureuse. Je me suis trompée sur Daech.
La vie est dure, je suis privée de liberté, ce n'est pas ce que me disait le rabatteur. Il m'avait tentée par l'humanitaire, j'avais soif d'aider les autres. Il me culpabilisait :

« *Comment oses-tu demeurer chez toi au lieu d'aider tes frères et sœurs qu'on laisse mourir. Si tu rejoins la Syrie, tu trouveras de vraies sœurs qui t'aimeront plus que tes sœurs biologiques* ».

Je pensais me marier avec un héros djihadiste, « un chevalier de la foi ».
Tout cela est faux, je suis enfermée dans une madafa C'est une garderie pour femmes. Les femmes ne peuvent pas marcher seules dans la rue, elles doivent être accompagnées de leur tuteur légal.
Daech est une armée d'occupation qui maltraite la population syrienne.

Je veux fuir mais j'ai besoin d'argent. Comment peux-tu m'aider…

Layla, je suis surpris ; lorsque tu es arrivée en Syrie tu nous disais que tu étais devenue une Véridique (élue par Dieu pour accéder au vrai message de l'Islam)
Je ne renie pas ce que je t'ai dit, mais c'était de l'endoctrinement de mineurs ou de jeunes majeurs dans le terrorisme. Ils utilisent des vidéos endoctrinantes qui enchaînent des images « choc », une musique envoûtante,

des rythmes entraînants et une ambiance hypnotique.

Depuis peu, leur stratégie consiste à viser des jeunes qui proviennent de familles de référence non musulmane, estimant que
« Tous les musulmans vivants en Occident sont des pervertis et de ce fait ne peuvent être élus « véridiques ».
Dalil, je te supplie de trouver une sortie de Syrie…Je ne peux plus vivre ici, j'ai beaucoup maigrie.
Je te quitte on vient !

Layla !

♦

Avez-vous enregistré cette communication ?
Oui, monsieur le Commissaire
Bien vous allez surveiller le frère qui certainement, essaiera par tous les moyens de venir au secours de sa sœur.

Mettez en œuvre tout le matériel informatique que nous disposons ; nous avons besoin de preuve numérique qui provient de l'exploitation de supports d'information, de l'enregistrement et de l'analyse de trafic de réseaux (informatiques, téléphoniques…) ou de l'examen de copies numériques (copies-images, copies de fichiers…). Les copies-écrans d'informations numériques ne sont pas des preuves numériques au sens propre de la définition, cependant elles peuvent servir de point de départ pour la recherche ultérieure de preuves numériques.

Vous êtes invités à employer tout dispositif qui enregistre ou transmet l'information numérique et comportant notamment les disques durs, les disques amovibles, les assistants personnels (PDA), les clés USB, les tablettes graphiques, les GSM et leurs cartes SIM, les mémoires flash (appareils photographiques),), les GPS, les routeurs, les serveurs et autres appareils pour les réseaux, les cartes à puce où à pistes (bancaires ou non).

Toutes ces données représentent un enregistrement des étapes d'une investigation numérique qui garantit qu'une preuve numérique provient d'une manière irrévocable d'une information numérique.

Ce rapport d'investigation décrit comment a été préservée l'information numérique originale, donne son empreinte numérique, décrit les opérations réalisées et les logiciels mis en œuvre. Il expose les éventuels incidents rencontrés ainsi que les modifications de l'information numérique analysée. Il énonce les preuves réunies avec les moyens logiciels et matériels de blocage en écriture qui furent utilisées. Il précise les numéros de série des supports d'information utilisés pour leur enregistrement.

C'est un rapport judiciaire que s'il est produit à la demande d'une institution de type judiciaire et que s'il est associé à un rapport de garde.

Poste de contrôle de vidéo surveillance

◆

Nous avons à l'écran un individu avec capuche qui pénètre dans une des voitures que nous avons marqué d'un traceur aimanté ; il démarre et fonce vers la Rue de Rome, arrive Rue Sylvabelle, prend le boulevard Notre-Dame, continue sur le boulevard de la Corderie, arrive au boulevard Tellene, s'arrête dans l'avenue des Roches.
Il reste dans sa voiture, manifestement il attend quelqu'un...
Nous dépêchons une voiture banalisée pour une surveillance discrète que nous guiderons jusqu'au contact visuel.

◆

Reprenons notre briefing.

◆

Nous parlions d'une association du rapport judiciaire avec celui de garde. Ils sont inséparables.

Ce rapport de garde est en fait un procès-verbal que nous devons établir lors de la saisie ou de la réception d'une information numérique et de son support, surtout s'il comporte :
- toute information sur le détenteur antérieur qu'il soit propriétaire, usager ou gardien,

- les lieux et conditions d'acquisition par saisie ou par transmission,
- la nature du support information, notamment sa description physique avec photographie et numéro de série,
- la description éventuelle de l'information numérique, notamment si ce sont des méta-données, la structure des données, l'empreinte numérique,
- la situation d'accès aux données qu'elles soient accessibles ou non,
- la présence de sceau avec son identification,
- le libellé de l'étiquette d'accompagnement,
- les dates d'ouverture et de fermeture du support,
- la mention des modifications éventuelles, telle que la suppression de mot de passe,
- et l'état de restitution du support avec scellé, accessibilité aux données, étiquette, avec photographie.

♦

Monsieur le Commissaire, nous avons le contact visuel, je filme à l'aide de ma casquette avec caméra Wifi. Vous devez les avoir à l'écran.

O.K

Sauvegardons ces images sur disque dur avec empreinte numérique de telle sorte que l'algorithme mathématique, par essence unique, rende impossible, en pratique, de changer l'information numérique.

Pour en être certain, nous allons calculer cette empreinte de deux manières indépendantes surtout pour les disques durs en particulier, ce sera « la valeur de hachage ».

♦

Monsieur le Commissaire, je ne sais si voyez la même chose que ce que je filme… ce sera à vérifier … Le dealer remet l'argent au chef de réseau.

Exact, nous allons les intercepter en bouclant toutes les issues qui jouxtent l'avenue des Roches.
L'arrestation devra s'effectuer avec le minimum de bruits, sécurisez les lieux et amenez- les à l'Evêché avec l'argent et toutes les preuves que vous trouverez sur eux et dans le véhicule. Je fais procéder à l'enlèvement de leur véhicule que nous fouillerons de fond en comble

Je vous donnerai le signal lorsque tout sera verrouillé. Terminé.
Les chemins du Vallon de l'Oriol et du Boucas Blanc sont bloqués, Les rues Sabater et du Bois sacré sont également verrouillées. Quant au Boulevard de Tellène, seule issue qu'il leur reste, sera idéale pour les bloquer s'ils veulent forcer le barrage.

Les dispositifs sont opérationnels, vous avez le feu vert.

◆

Interception

◆

Deux véhicules banalisés se portent à l'avant et à l'arrière du véhicule suspect, tandis que les agents du véhicule en faction font irruption armes au poing, couverts par leurs collègues dans les voitures positionnées.

La séquence est filmée par la caméra Wifi intégrée à la casquette.

◆

L'effet de surprise a été total, les deux acolytes n'ont pas résisté.
C'est un succès complet qui déstabilisera la filière et qui l'appauvrira.
Vous les interrogerez individuellement en les confondant afin de les perturber et de les amener à nous révéler le maximum d'informations connues et nouvelles.

◆

Accident de la circulation

◆

Un accident de la circulation vient de se produire rue de la Sainte Victoire prés de Castellane ; les pompiers et la police sont déjà sur les lieux. Selon les premières observations c'est un jeune homme qui aurait conduit sous l'effet dévastateur d'un after[16]. Nous l'évacuerons sur l'hôpital de la Conception.

◆

---

[16] After Prise d'alcool et de cannabis qui associés sont une bombe à retardement aux effets dévastateurs

Chapitre VI

♦

Rif Marocain

♦

Hammed et Farida sont réticents de cultiver le cannabis[17], ils invoquent deux raisons :

La première est contraire à la religion,
La seconde est la crainte des gendarmes.

Ils précisent que leurs terres sont en quantité limitée, en raison d'un intense morcellement du relief et les terrains sont de qualité médiocre.

De plus les ressources naturelles, hormis le bois et l'eau sont rares.

Nous sommes des montagnards, nous ne voulons pas émigrer, notre espérance de vie augmente grâce à une amélioration des progrès de la médecine et de notions d'hygiène que nous avons apprises.

---

[17] Cf : RAPPORT SUR LA SITUATION DU CANNABIS DANS LE RIF MAROCAIN (Juin-août 2001)

Hamou – Agriculteur

Nous savons père et mère que vous avez porté de lourds fardeaux et que les femmes servaient les hommes ; elles sont épuisées, nous les jeunes, nous ne voulons plus vivre cela.
Mes frères et sœur, nous voulons vivre différemment, nous voulons mettre en culture des terres défrichées, planter des arbres fruitiers, construire une maison neuve, avoir l'eau courante.
La culture du cannabis est une manne économique pour le Rif. L'Europe a passé des conventions avec notre Roi pour que la culture du Cannabis soit tolérée temporairement afin de limiter l'émigration.

Nous voulons saisir cette opportunité…

Selon mes renseignements, un quintal de cannabis rapporte environ 460 euros au cultivateur, alors qu'un quintal de blé n'est payé que 100 euros, avec un rendement de 7 quintaux à l'hectare,
 Si ce quintal est transformé en 3,5 kg de poudre, ce sont 770 euros qui peuvent être tirés de cette transformation.
Bien que le cannabis offre des rendements en volume inférieurs par rapport aux autres cultures, les revenus qu'ils procurent sont supérieurs. Le caractère illégal de cette culture hautement rémunératrice fait que les revenus qu'elle rapporte sont sans commune mesure avec ceux des cultures vivrières.

Un quintal de maïs rapporte 75 euros (avec un rendement de dix quintaux à l'hectare pour le maïs).
Les marges bénéficiaires dépassent les rapports de 1 à 10 entre les zones de production et les lieux de consommation.
Les programmes dans lesquels l'arboriculture (olivier ou figuier) est proposée en substitution au kif impliquent, pour qu'ils fonctionnent, que les populations acceptent une réduction des revenus d'au moins la moitié.

Ce n'est pas envisageable !

Alors que les produits finis et dérivés du cannabis sont une aubaine pour nous les Rifains.
Il existe différentes qualités de poudre de cannabis (chira) obtenues après battage des plantes séchées. Le prix du haschisch varie en fonction de sa qualité...selon l'OGD[18], le cannabis serait entre 12 et 46 fois plus rentable que les céréales.

Une organisation industrielle s'est mise en place qui nous assurera une pérennité de la production.
« Les filières « industrielles », plus professionnelles et capables d'exporter la résine de cannabis par lots de plusieurs dizaines de tonnes » ont remplacé un trafic plus rudimentaire.
Si nous ne transformons pas directement le cannabis, nous avons la possibilité

---

[18] O.G.D = Observatoire Géopolitique des Drogues

d'acheminer les plants de cannabis séchés dans des ateliers. Il existe aussi des réseaux de collecte organisés par les trafiquants et des intermédiaires.

Les maâmel : « C'est une maison ordinaire, bâtie juste à côté de l'habitation principale du propriétaire » comprenant plusieurs pièces (dortoirs, ateliers pour le battage des plants, cour intérieure).
Une cinquantaine de journaliers, rémunérés 60 Dh par jour (environ le SMIC journalier), travaille sous le contrôle de trois contremaîtres mieux payés et venus de la région de Kétama ; « tout le monde travaille sous le parrainage du hraifi qui se déplace sans cesse pour contacter les milieux d'affaires, notamment dans les villes voisines telles que Tétouan.

Hammed

Ce que tu ne dis pas Hamou c'est que leur travail est particulièrement difficile ; ils battent les plants de cannabis séchés à l'aide d'un bâton qui nécessite beaucoup d'efforts. Ils sont sous la menace des patrons-barons qui sont armés et pratiquent les dettes de paiement : S'ils partent, ils ne sont pas payés.

Il y a même des menaces de mort !

Les trafics de drogue commencent dès les ateliers avec les ouvriers qui commercialisent les produits finis et les dérivés. C'est la porte ouverte à toutes les dérives, les maffias s'installent dans l'économie criminelle.

Si c'est cela le progrès, ta mère et moi, nous n'en voulons pas.

Tu ne seras plus le patron dans ta ferme, car c'est une organisation très hiérarchisée ; au sommet se trouvent les commanditaires que tu ne verras jamais. Ce sont les barons de la drogue qui gèrent, financent et contrôlent par intermédiaires multiples la commercialisation.

Hamou

 La culture du cannabis permet au Rif, enclavé et isolé, pauvre et marginalisé, de s'intégrer aux grandes villes du Maroc du Nord, à Tanger et Tétouan en particulier.

Hammed

 Le trafic de haschisch est à l'origine de rencontres entre les tribus rifaines et les villes qui bordent le massif montagnard.
 Hélas, l'expansion du cannabis et du trafic du haschisch marocain a rapproché les espaces ruraux producteurs de cannabis et les villes où sont implantés les trafiquants.
Les migrants rifains habitent les quartiers périphériques récents de Tanger et de Tétouan, mais à l'intérieur de ces quartiers vivent dans les maisons les plus cossues et les mieux équipées, celles et ceux qui se sont enrichis grâce au trafic de cannabis.

Hamou

Père c'est regrettable que les fruits du travail demeurent inférieurs à ceux des trafiquants… Cependant, nous avons la chance de maintenir des contactes étroits avec ceux qui ont quitté la terre !

Père, je ne conteste pas ce que tu dis, mais la drogue est un moyen comme un autre de s'insérer dans l'économie mondiale.
La culture du cannabis et le trafic de haschisch peuvent être considérés comme des modes d'intégration du Maroc du Nord.
Pour la culture du cannabis et son commerce le Rif c'est :
- Entrer dans la globalisation,
- Avoir un rôle dans l'internationalisation de l'économie en tant que producteur-exportateur de haschisch. Il s'agit certes d'une entrée dans la mondialisation par infraction, mais il n'en reste pas moins que le Nord du Maroc tient une place importante dans le commerce mondial de drogue.

Le kif génère aussi des formes de tourisme international spécifiques qui apportent des capitaux pour la région et témoignent de son insertion dans le système.

Les programmes européens d'aide au développement à destination du Rif ont pour objectif de créer des équipements structurants et une économie durable pour la région. Le cannabis permet au Nord marocain de tenir un rôle important dans les relations qu'entretiennent l'Union européenne et ses Etats membres avec le Maroc.

Père, nos femmes et nos enfants ne veulent plus être soumises comme l'ont été nos mères et nos sœurs.

Alors c'est le prix à payer...

Nous ne portons pas de jugement de valeur sur votre manière de vivre, nous voulons vivre notre vie !

Hammed

Difficile en effet de te contredire.
Comment ne pas admettre la pénibilité du travail des femmes l'exode rural, la volonté de nos enfants de quitter notre pays pour connaître d'autres cieux !

Hélas, vous allez vers l'enfer !

Hamou

Nous avons déjà vécu l'enfer !

Nous devons progresser et prendre des risques, certes mesurés ; mais nous déplorons l'absence de :
    Naouri qui vit dangereusement, son métier est certes l'un des plus beaux, mais quel est son espérance de vie. Maman et toi, vivez quotidiennement

dans la peur, vous attendez anxieusement de ses nouvelles.
Quant à Dalil depuis qu'il est parti à Marseille pour intégrer l'école des footballeurs, nous n'avons pas de nouvelles, son absence est pesante. Il est seul dans une grande ville, qui n'a pas bonne réputation… Quelles sont ses fréquentations ? Comment vit-il cette expatriation ?
Notre sœur Layla est en Syrie, elle a rejoint son compagnon qui ne cessait de la culpabiliser de ne pas rejoindre Daech[19]. Nous n'avons plus de nouvelles d'elle.
Ce que nous savons par contre, c'est que c'est une organisation criminelle qui conquiert des territoires par la force armée, qui pratique la contrebande de pétrole et d'antiquités, qui extorque les populations locales. Il tire des revenus de trafic humain, c'est-à-dire qu'il réduit en esclavage, notamment à des fins sexuelles des femmes et des jeunes filles. Il recrute des jeunes garçons pour devenir des enfants soldats. Nous craignons pour la vie de Layla…

---

[19] DAECH est l'acronyme, en langue arabe, de « Etat Islamique en Irak et au Levant » - mais ce groupe terroriste n'est pas un Etat (ce dont atteste notamment son absence de reconnaissance par la communauté internationale). Ses actions terroristes et barbares constituent par ailleurs un dévoiement de la religion dont il se prévaut, comme le rappellent les condamnations répétées émanant du monde musulman et des autorités religieuses reconnues en Afrique, au Moyen-Orient ou en Europe.

La terreur est permanente, les chiites et les sunnites en sont les victimes ; il n'épargne ni les enfants, ni les femmes. Il détruit le patrimoine mondial de l'humanité, comme nous le dévoilent les informations.
Ce sont des actions criminelles dans les cités antiques de Palmyre, Nimroud et Hatra, ainsi que la destruction du musée de Mossoul.

Comment veux-tu père, que nous ne tentions pas cette culture du cannabis, vous vieillissez et notre présence à vos côtés est indispensable. Si nous nous expatrions, quel sera notre avenir et le vôtre ; la pauvreté, l'angoisse, les maladies de la vieillesse et cette terre qui sera définitivement aux mains d'étrangers.

Ce n'est pas envisageable, vous devez consentir, c'est le moins mauvais chemin. Nous sommes conscients que notre vie sera dure malgré tout.
Fatine et moi nous acceptons cette vie prés de vous, mais nous voulons travailler ensemble pour que notre maison soit confortable afin de nous loger tous selon les traditions.

Hammed

Ta mère et moi, malgré la pauvreté du sol, avons tenu à honorer les commandements de la religion. Nous craignons, c'est vrai les gendarmes, mais ce que tu ne comprends pas c'est que votre liberté sera terminée.

Nous étions peut-être esclaves du travail, mais nous étions les décideurs, tandis que vous vous serez toujours esclaves et surtout exécutants et hors la loi.

Lorsque vous vendrez chez vous cette drogue aux touristes qui visiteront le Rif et qui admireront notre paysage, notamment le vert fluo, vous deviendrez des hors la loi, parce que si la culture est tolérée, la vente elle, n'est pas autorisée mais fortement condamnable. Les touristes s'arrêteront parce que vous laisserez la route défoncée à l'entrée du village. Vos enfants les racoleront et vous les obligerez à en acheter. Si ces touristes ne veulent pas, vous ferez comme tant d'autres, vous placerez indélicatement un petit paquet de résine que vous cacherez dans leur véhicule. Ils deviendront alors des passeurs et lorsqu'ils seront contrôlés par les chiens des services de la douane, ils seront alors condamnés pour plusieurs années à l'ombre des prisons du Royaume.

Vous contribuerez à la mauvaise image du Maroc et les touristes choisiront d'autres destinations.

Hamou

Père, je mesure les risques encourus, mais Fatine et moi, nous voulons demeurer ici avec

vous deux, élever des enfants et améliorer notre situation.
Nous demeurerons prudents et nous éviterons de vendre directement.

◆

Chapitre VII

◆

- Lieu de l'accident

◆

Avez-vous trouvé des documents, un téléphone mobile, voire des armes de poing ?

Seulement un téléphone mobile.

Parfait, faites parler ce téléphone, nous devons remonter le temps afin de connaître la filière de ce jeune homme.
Dés que tout sera enregistré comme preuve numérique, vous lui restituerez en prenant soin au préalable de l'avoir manipulé...
Puis nous suivrons le détecteur implanté sur le commutateur numérique, grâce à l'ordinateur de commutation qui copie et transfère simplement les données qui représentent la (les) communication(s) téléphonique(s) à une deuxième ligne qui est sous écoute.

◆

Chapitre VIII

♦

D.G.S.E.

♦

Le groupe terroriste DAECH qui sévit en Syrie fait l'objet de condamnations répétées qui émanent du monde musulman et des autorités religieuses qui prêchent en Afrique, au Moyen-Orient et en Europe.

Il nous est demandé d'intervenir clandestinement pour neutraliser un groupe qui dévoie la religion dont il se prévaut.
Les renseignements dont nous disposons révèlent que le chef est un djihadiste d'origine marocaine qui vit avec une compagne de même nationalité qui a fait appel à son frère élève footballeur à l'Olympique de Marseille.
Nous avons un agent qui est informaticien que nous pourrions dépêcher là-bas.
Les renseignements qu'il récolterait faciliteraient l'analyse de ses agissements. Il est spécialisé sur les systèmes multiutilisateurs qui sont équipés de logiciels de chiffrement.
Le P.G.P (Pretty Good Privacy) est d'assez bonne confidentialité.

Trois idées maîtresses justifient l'utilisation de logiciels de chiffrement :

Une chaîne n'est jamais plus solide que son maillon le plus faible

La complexité est le pire ennemi de la sécurité

La cryptologie n'est pas la sécurité, mais il n'y a pas de sécurité sans cryptologie

Nous associerons cette jeune femme prénommée Layla pour accéder discrètement à l'ordinateur et au téléphone portable de son compagnon. Notre agent pourra ainsi employer des méthodes sophistiquées pour lire sa clé privée lorsqu'il l'utilisera. Nous analyserons son trafic, notamment ses appels à longue distance qui nous apprendront ses correspondants, les dates et la durée de ses communications.
Les signatures effectuées avec la clé privée peuvent être vérifiées en utilisant la clé publique correspondante et les messages chiffrés utilisant la clé publique sont déchiffrables en utilisant la clé privée correspondante.
Dés l'opération engagée et maîtrisée, nous évacuerons cette jeune femme qui alors nous servira d'appât pour pister son jeune frère à l'O.M.

♦

Chapitre IX

◆

« L'Evêché »

◆

Le portable nous a livré de précieux renseignements qui nous livrent en partie la filière à laquelle il appartient. Nous recoupons les données nouvelles avec celles en notre possession.

Nous espérons que l'algorithme nous livrera de précieuses données

Il semblerait que le transport s'effectue par flight fast et que les avions utilisent du matériel de vision nocturne dernière génération et des systèmes de navigation sophistiqués. Indéniablement, nous avons en face des barons de la drogue qui trafiquent à grande échelle et qui ont les finances pour investir dans du matériel de pointe.
Nous demanderons à l'Espagne le contrôle de l'espace aérien entre les zones productrices et consommatrices.
Nous avons un programme qui repose sur le développement d'échanges de renseignements en temps réel à l'aide d'une couverture radar permettant d'identifier les vols

clandestins dont le transpondeur[20] est éteint et avec l'appui des forces aériennes militaires de les intercepter.

Nous pensons que l'Espagne est le pays le plus exposé. C'est la principale porte d'entrée de la drogue par l'aviation légère en provenance d'Afrique. Nous savons que le trafic aérien entre l'Andalousie et le Maroc est en pleine expansion.

Les radars espagnols et marocains ont détecté un doublement des vols suspects entre 2009 et 2010.

Ces rotations aériennes seraient l'œuvre de trois à quatre organisations criminelles transnationales qui sont installées dans le sud de l'Espagne et qui organisent chacune deux à trois vols par semaine.

Les autorités espagnoles auraient identifié 132 pistes clandestines.

Pour éviter la couverture radar et les aérodromes espagnols de plus en plus surveillés, les trafiquants préfèrent désormais les ULM et les hélicoptères.

Ce qui nous inquiète ce sont les cargaisons de cocaïne qui accompagnent celles de la résine de cannabis. Nous avons de ce fait la confirmation du renforcement des cartels latino-américains au Maroc.

Dans ce dernier cas, les avions viennent fréquemment d'Amérique du Sud - Venezuela, Brésil, Guyane - et font souvent une escale en Afrique pour finalement atterrir sur le sol européen.

---

[20] Récepteur-émetteur radioélectrique qui répond automatiquement à un signal extérieur en provenance d'un radar, d'un système de localisation...

Hélas, les services de la navigation aérienne ne contrôlent que le dernier plan de vol et non l'historique.

Fort heureusement, la règlementation interdit à tout aéronef de traverser l'espace aérien sans autorisation, sous peine de voir neutraliser l'aéronef en plein vol, si ce dernier n'obtempère pas.
Des accords bilatéraux permettent l'interception dans l'espace aérien de pays tiers.
Ils associent les polices judiciaires, les forces armées, les douanes.

Le Maroc a renforcé sa coopération avec l'Europe, il a amélioré son action pour réduire les atteintes à la souveraineté de son espace aérien et contrer les rotations fréquentes d'aéronefs entre l'Espagne et le Royaume. Pour ce faire, les autorités marocaines renforcent les capacités de détection radar et la coopération avec l'Espagne au travers de la mise en place d'équipes conjointes d'analyse du renseignement.

De plus, pour une circulation plus fluide et plus rapide du renseignement, deux centres de coopération policière (Maroc-Espagne) ont été créés, l'un à Algesiras (Espagne) et l'autre à Tanger (Maroc).

Les pilotes quant à eux connaissent depuis longtemps les failles du système. Ils proviennent souvent d'Europe de l'Est et sont confirmés. Leur cachet varie entre 60 000 et

80 000 euros par opération, soit entre (646 000 et 861 000 dirhams environ).
 Plusieurs modes opératoires coexistent rendant l'exercice de contrôle plus délicat. Le plus répandu se décline comme suit :

Les quantités de drogue sont à peine dissimulées, transportées dans des sacs de sport, le pilote ne dépose pas de plan de vol, le transpondeur est éteint, il n'y a pas de contact-radio, le vol est réalisé à l'aube ou de nuit, feux éteints et à basse altitude.
La prise de risque est maximale requérant de la part du pilote une dextérité réelle et recours à des moyens technologiques de vision nocturne.

Un pilote émérite le confia sans fard :

«Quand on fait du rase-mottes, on coupe son transpondeur.
L'aérien, c'est la liberté.
Pas vu, pas pris »

Autre type de mode opératoire à l'opposé du précédent, les trafiquants profitent des avantages offerts par l'aviation d'affaire, loin des formalités des vols commerciaux.
Les organisations qui utilisent des jets peuvent mobiliser un appareil et son équipage en très peu de temps. Cette liberté permet également de morceler le trajet par des escales. Un jet peut effectuer des vols de plusieurs milliers de kilomètres, pouvant aisément franchir l'Atlantique.

Les pilotes observent les obligations aéronautiques, respect des règles de vol (ouverture et clôture d'un plan de vol). La flexibilité caractérise l'aviation d'affaire, avec par exemple la possibilité de changer de destination en cours de vol.

◆

Chapitre X

♦

La guerre en Syrie

♦

D.G.S.E.

♦

En 2011, dans la foulée des « printemps arabes », la Syrie bascule dans la guerre civile.

Nous savons que la famille Assad qui appartient à la minorité alaouite, l'une des branches du chiisme a favorisé la montée en puissance d'un extrémisme sunnite, communauté dont est issue la quasi-totalité de la rébellion anti-Assad.

Par la suite, le régime d'Assad a libéré des prisonniers djihadistes sunnites dont certains ont rejoint l'E.I.
Le front Al-Nosra est la branche syrienne d'Al-Qaida et des groupes radicaux.

Cette manœuvre avait pour finalité de diviser et de discréditer l'opposition comme la rébellion anti-Assad.

La division entre sunnisme et chiisme est historiquement le fruit d'un conflit de succession, après la mort du prophète, en 632 à Médine, dans l'actuelle Arabie saoudite.

Les compagnons du prophète choisirent l'un d'entre eux, Abou Bakr, en conclave selon la tradition tribale.

Selon les chiites, le pouvoir légitime revenait en droit aux descendants directs du prophète, par sa fille Fatima et son gendre Ali. Ecarté du pouvoir, ce dernier deviendra, vingt-cinq ans plus tard, le quatrième calife. Son règne, contesté par Mouawiya, un proche du troisième calife, Osman, assassiné, se terminera dans la confusion et il mourra tué par d'anciens partisans devenus dissidents, les kharidjites.

Mais c'est aussi une différence de doctrine qui se fonde sur une division historique

Le sunnisme se définit par opposition aux sectes qui parcoururent l'histoire de l'islam. Tout d'abord, le chiisme revendique un idéal de consensus. Il se veut fidèle aux origines, bien qu'il comprenne une grande variété d'interprétations et de traditions d'influences étrangères.

Il se définit par l'acceptation du Coran, parole de Dieu, et des enseignements et exemples donnés par le prophète, transmis sous forme de récits et d'informations (« ḥadith » et « khabar »).

Il opère un constant retour à ces textes.

Le chiisme partage ces sources fondamentales. Il est, lui aussi, très diversifié.

Sa branche principale (« duodécimaine ») est caractérisée par le culte des douze imams et l'attente du retour du dernier d'entre eux, Al-Mahdi, « occulté » en 874 aux yeux des hommes mais toujours vivant, qui doit réapparaître à la fin des temps.

En son absence, le clergé est investi d'une autorité particulière : il permet une médiation de l'autorité divine.
 Les religieux chiites sont structurés en une véritable hiérarchie cléricale, à la différence des oulémas (théologiens) sunnites.

La division historique intervient dés 680 lors de la bataille de Kerbala.

Hussein, le fils d'Ali, qui se souleva contre l'autorité du calife Yazid, fils de Mouawiya installé à Damas, fut tué lors de la bataille de Kerbala, en 680.
Les chiites vénèrent Ali, ses descendants et successeurs comme les « douze imams », persécutés, qui servent d'intermédiaires entre les croyants et Dieu.
L'islam sunnite, lui, se voit comme la continuité des premiers califes de l'islam, qui conservent intacts et font observer les commandements de Mahomet.

En Syrie, depuis 2011, l'Iran est le principal soutien du régime de Bachar Al-Assad, membre de la communauté alaouite, une branche du chiisme, et son principal relais dans la région, à qui il apporte un soutien militaire et financier.

L'Arabie saoudite, elle, maintient les groupes rebelles de l'opposition, majoritairement sunnite.

En 2003, l'invasion américaine de l'Irak déclencha une guerre civile entre chiites et sunnites irakiens.
 La branche irakienne d'Al-Qaida y développa un djihad spécifiquement anti chiite, et forma, avec le renfort d'anciens cadres du régime de Saddam Hussein, la matrice de l'actuelle organisation Etat islamique (EI).
Celle-ci profite aujourd'hui du ressentiment des populations sunnites d'Irak contre le gouvernement dominé par les partis chiites, et sous influence iranienne.
L'EI a par ailleurs mené des attentats terroristes contre des communautés chiites loin de ses lignes de front d'Irak et de Syrie, jusqu'en Arabie saoudite, au Koweït, au Yémen et au Liban.

Les victoires attirent les financements et de ce côté, l'EIIL[21] se porte très bien. Les autorités

---

[21] Etat islamique, Daech ou EILL
Tous ces termes désignent le groupe de djihadistes actuellement le plus puissant au Moyen-Orient, créé par des dissidents d'Al-Qaïda en 2003 pour lutter contre l'intervention américaine en Irak. L'État islamique a abandonné toute référence à l'Irak et au Levant depuis qu'il a proclamé un « califat islamique » en juin dans les zones sous son contrôle – d'où l'appellation EI. Celle-ci fait débat, l'organisation n'étant en rien proche d'un État avec des frontières, le terme « islamique » étant également réfuté par de nombreux musulmans. Quant à « Daech », employé

irakiennes, si nos sources sont exactes, auraient mis la main sur des cartes mémoires stipulant qu'avant la prise de Mossoul, l'EIIL était à la tête de 875 millions de dollars. Outre les dons privés, l'EIIL aurait exploité à son profit les puits de pétrole de l'est syrien et vendu des antiquités de très grande valeur dérobées en Syrie.

Depuis, les millions de dollars siphonnés dans les banques de Mossoul et les équipements militaires américains abandonnés par l'armée irakienne sont venus renforcer les coffres de l'organisation.
 L'EIIL qui a peut être appris d'Al-Qaida, l'importance de la propagande, a mis en valeur ses prises de guerre qui ne peuvent qu'encourager les candidats au djihad à rejoindre le groupe.
Dirigé jusqu'à présent par Al-Qaida, le djihad global qui visait pour son fondateur Ben Laden à l'instauration mondial du califat a peut être vécu sous sa forme centralisée.
Pour les aspirants au Djihad, répartis par régions d'influence, Al-Qaida est semble-t'il davantage devenue une inspiration qu'une force déterminante dans la conduite des opérations.
Les franchisés qui se réclament encore des pères fondateurs, comme Al-Qaida au Maghreb islamique, Al-Qaida dans la péninsule arabique, al Shabaab en Somalie

---

par le président de la République, c'est l'acronyme de l'État islamique en arabe.

ont des liens plus ou moins lâches avec l'organisation initiale.
Leurs armes ont été saisies à l'armée irakienne, ce sont des fusils d'assaut M-16 ou des Humvee, ainsi que des roquettes anti-char livrées par l'Arabie Saoudite à l'armée syrienne libre.
Il est estimé qu'entre 10.000 et 17.000 djihadistes combattent aux côtés de l'organisation, mais le chiffre selon d'autres observateurs varie entre 25.000 et 50.000.

♦

La mission que nous allons diligentée en Syrie a pour objet de protéger, voire de ramener Layla la sœur de Djalil ; en réalité ce sera une couverture, car nous espérons pouvoir approcher son ami le djihadiste qui est un dangereux terroriste. Nous espérons ainsi remonter sa filière.

♦

Chapitre XI

♦

Le cartel des drogues

♦

Les cartels mexicains, en particulier le Cartel de Sinaloa qui est présent dans le Nord de l'Afrique banalise le mal. Les narcos contrôlent le territoire en rackettant les commerçants et les transporteurs.

C'est une organisation criminelle mais aussi économique qui blanchit l'argent des casinos et d'entreprises légales.

Le blanchiment d'argent représente entre 2% et 5% de l'économie mondiale.
Le profil des trafiquants de drogue est hétérogène :

1. Le milieu de la fête d'abord, que les propriétaires ou managers de bar, night-clubs ou restaurants qui, insérés dans le milieu de la fête, trafiquent les drogues psychostimulantes (cocaïne, ecstasy, LSD) exerçaient des métiers légaux avant de sombrer en nouant des contacts privilégiés avec des trafiquants.

2. Les réseaux de sociabilité (famille, amis, voisinage) : Ils sont nombreux, sont également les dealers qui ont été

embarqués dans le trafic par des connaissances plus ou moins proches.
Cela commence souvent par un coup de main, par une tâche simple :

Conduire, charger ou décharger un camion. Il est plus facile de demander à quelqu'un de confiance que l'on connaît.

3. L'emploi stratégique : certaines professions légales réclament un savoir-faire unique acquis au cours d'une formation universitaire et pratique de plusieurs années :

C'est par exemple le cas d'un pilote d'avion, généralement approché par un importateur pour déplacer la marchandise d'un point A à un point B.

4. De même, la corruption des forces de l'ordre, des métiers de la justice (avocats, juges) ou des hommes politiques rentrent à l'intérieur de cette catégorie ;
5.- Le passage en prison : enfin, des criminels spécialisés dans une autre activité souterraine (racket, vol, braquage) peuvent également faire le choix de se tourner vers le trafic de drogue après une rencontre fortuite lors d'un séjour en prison.

Loin d'avoir un caractère toujours apaisant sur les intentions des condamnés, la prison peut se traduire par un renforcement de la criminalité. Ainsi, lorsque l'on présente une de ces « qualités », on peut devenir plus facilement un dealer de drogue.

A noter que la motivation principale reste la même que les jeunes de quartiers défavorisés, il s'agit bien sûr de l'argent pour gagner sa vie (temps plein) ou arrondir ses fins de mois.

6. A ces profils, on pourrait également ajouter celui du consommateur-trafiquant. Cela consiste à acheter dans des grosses quantités avant de revendre à des personnes de son entourage. L'objectif n'est pas tant de faire de l'argent que d'acheter pour plusieurs personnes afin de réduire le coût unitaire :
Pour le haschich, l'achat s'effectue généralement par un membre de la famille ou les potes. Généralement ils achètent en gros parce que ça coûte moins cher et ils revendent.

« C'est cool parce qu'ils sont pas là pour faire un bénef » précisent-ils.

7. En allant plus loin, on peut élargir à ce modèle celui du consommateur-producteur.

C'est le cas des cannabiculteurs-consommateurs (7 à 8 plants en moyenne par an) ou des cannabiculteurs-sociaux (40 plants), c'est-à-dire des fumeurs de cannabis qui s'occupent chez eux, comme des jardiniers amateurs, de la production de cannabis pour leur consommation et celle de leur entourage.
Ce modèle endogène production-consommation ne se retrouve pas seulement avec la marijuana mais aussi avec les drogues dures.
 C'est ce que montre l'exemple original de l'héroïne.

En effet, cette substance présente la particularité de rendre extrêmement dépendant son consommateur, mais cette dépendance extrême rend impossible l'exercice d'une activité professionnelle. Il se pose alors un dilemme aux addicts de l'héroïne : comment continuer à se procurer « l'or blanc » sans un revenu régulier ?
Les consommateurs expérimentés achètent en gros,

une partie servant pour leur consommation.

L'apprentissage des règles et des méthodes de travail :

« L'école de la rue »

Un dealer de drogue qualifié se doit de maîtriser les techniques et les méthodes de travail pour diriger son organisation locale. L'apprentissage est un passage obligé ; il s'acquiert pour le premier type de trafiquants : celui du deal dans les cités, sur une longue période et une montée dans la hiérarchie.

C'est l'école de la rue qui est le lieu privilégié.

Plusieurs étapes échelonnent ce parcours du combattant :

- Etape 1 : l'observation

.
Le contexte social joue un rôle prédominant dans le deal de rue que l'on retrouve dans les cités. Dès leur plus jeune âge, les « petits » observent les « grands » qui leur servent de modèle.

« ca les attire forcément ».

Cette phase d'observation débute alors que les jeunes ne sont pas encore dans l'organisation.
Toute initiation au trafic de drogue commence par une présence passive dans le groupe.

Cependant elle consiste à :
- étudier au quotidien les dealers de drogue,
- observer leurs moindres faits et gestes pour mieux les reproduire par la suite mais surtout pour s'imprégner d'un environnement.

• Etape 2 : la confiance.

Parallèlement à l'observation, le futur dealer doit faire ses preuves et montrer à l'organisation locale qu'il est une personne de confiance avant de l'intégrer de façon active.

Cette étape passe d'abord par la consommation de drogues douces (fumer des joints).

De plus en plus, les jeunes dealers se lancent des défis en se mettant également aux drogues dures, pour tester leurs limites et montrer qu'ils sont capables de résister.
En même temps, l'intégration se traduit par la banalisation de la violence : vol, conduire un véhicule à grande vitesse sans permis de conduire ou porter une arme (sans même avoir l'intention de l'utiliser).

« *Tu démontres ainsi ta force* »

• Etape 3 : le guetteur.

Les preuves acquises et démontrées sont officiellement intégrées dans l'organisation.
Les premières responsabilités commencent inexorablement par la « chouffe ».

« La valeur n'attend pas d'être âgé »

Malgré leurs jeunes âges, ils entrent dans les carrières déviantes, plutôt que d'aller à l'école. Ils se consacrent à plein temps sur leur première mission. C'est une période décisive qui conditionne leur futur statut de dealer…
Ils se positionnent dans des endroits stratégiques tels que la rue, les toits afin de prévenir les livreurs et les dealers confirmés d'un éventuel danger (policier ou organisation administrative).
Les compétences se limitent à l'attention, la reconnaissance des menaces et à la communication rapide et discrète avec leurs partenaires.

L'accès à l'échelon supérieur de l'organisation du trafic à ciel ouvert, consiste à livrer la marchandise d'un point A à un point B en évitant soigneusement toutes menaces éventuelles.
Devenu momentanément livreur, il sait qu'il peut compter sur les guetteurs dissimulés stratégiquement aux endroits à risques. Il est prévenu par des signaux d'alerte (un risque = un sifflet très fort) ; il

doit alors changer brusquement d'itinéraire.
Il est jugé sur ses capacités de réactivité et de prise de décisions

- Etape 4 : le dealer.

Le chemin est encore long pour prétendre au commerce drogue, il est indispensable d'acquérir des compétences beaucoup plus techniques surtout dans deux domaines essentiels :

La préparation et la vente

La préparation est déterminante pour la suite puisque cela consiste à l'approvisionnement.
La drogue n'est pas une marchandise ordinaire, au contraire elle est complexe par nature : qualité du produit, techniques de coupe pour sa diffusion, grosses ou petites quantités (baguettes de 5 g, 12 g, 25 g – savonnettes de 250 g).

La bonne coupe est celle qui économise le produit d'origine

« Tu prends le produit d'origine et le produit de coupe qu'on sniffe, au final t'as moins de 15 % de cocaïne »

*

« Parfois on te met du verre pilé à l'intérieur pour que ça te coupe plus facilement veines et que ça rentre plus facilement dans le sang.

Pour sa commercialisation, le produit doit être réparti en sachets pour les vendre aux consommateurs.

Pour le mettre en valeur, des techniques commerciales s'imposent afin de se protéger du défaut de paiement.

La transaction repose sur trois éléments :

1 - La prise d'information,
2 – La négociation,
3 – La transaction.

Schématiquement voici le procédé :

Le trafic se déroule à ciel ouvert en plein centre ville.

« *Un mec te propose des cigarettes ou du shit*
Tu lui demandes s'il a de la cocaïne
Il te répond affirmatif et te conduit jusqu'à son pote le dealer qui à tout ce qu'il te faut. Là, le mec est super sympa : Il te rassure :

Y a pas de soucis mon pote.
C'est normal, le mec doit être en confiance si tu veux vendre le produit.
Il te fait goûter.
Tu mets un peu de poudre sur le doigt et t'en mets sur ta langue pour savoir si elle est bonne.
Il faut pas donner l'image de la proie facile qui ne connaît pas le produit.

Tu insistes sur le goûtage pour montrer que tu connais, que tu sais ce que t'achètes. Tu veux pas de la mauvaise qualité »

♦

La prise d'information est l'étape initiale par sa nature. C'est le point de départ de la relation client – consommateur et dealer.
Le client consommateur cherche toute information sur les produits et leur qualité. Le dealer doit alors maîtriser toute la chaîne d'informations et donner l'assurance de son professionnalisme. La gestuelle, les paroles, la tonalité de la voix sont primordiales dés le contact
Voici deux exemples :

«Ça va mon pote – y a pas de soucis … »

Le dealer sait qu'il opère à ciel ouvert, il est donc stressé, mais ne doit pas le montrer. Cependant il doit surveiller les abords par des regards furtifs.
Il doit proposer au client de goûter le produit, sachant que cette opération est visible, aussi est-il tenté pour établir un climat de confiance de le donner avant même de négocier le prix de la marchandise.

Cette fin d'étape rend inexorablement la suivant qui est celle de la négociation, à savoir :

Le marchandage, c'est un jeu de subtilités, chacun doit avoir l'impression d'avoir fait une bonne affaire. Si l'un ou l'autre pense être le « dindon » c'est une porte qui se ferme définitivement.

La négociation consiste alors à s'entendre sur les termes de l'échange, à savoir le lieu de la livraison et le prix négocié à 55 € conclu à 45 €,

La transaction c'est celle de la remise de l'argent à l'endroit et à l'heure déterminée contre le sachet.

C'est l'une des techniques car chaque cas nécessite l'adaptation à la situation et à son contexte afin de passer inaperçu et surtout de ne pas se faire prendre.

Dans beaucoup de villes, des caméras de surveillance sont installées dans des endroits stratégiques qui limitent bien entendu ce genre de transactions.

♦

Chapitre XII

♦

Une organisation internationale

♦

Les activités liées au trafic de drogue étant interdites dans la quasi-totalité des pays, il est important pour ces organisations de réduire leur taille afin de ne pas attirer l'attention des autorités publiques et se resserrer autour d'une équipe de confiance.

Une organisation s'impose donc qui doit comprendre quatre niveaux d'organisation du trafic de drogue :
- La production,
- Le trafic international,
- La distribution en gros,
- Et la distribution finale.

Cette organisation fragmentée présente certains avantages pour les différentes entreprises de la drogue.
A la différence de celles travaillant avec les marchés légaux qui fonctionnent verticalement pour leurs activités, les activités illicites se doivent de maîtriser la chaîne de valeur, celle de l'approvisionnement en matières premières à la distribution finale en passant par la fabrication pour minimiser les coûts de transaction.

Pour cela, elles cherchent à fractionner la chaîne de production, pour des raisons de sécurité, mais aussi pour minimiser les coûts de production.

♦

Selon l'O.I.C.S.[22], le Maroc est le pays du Maghreb qui est spécialisé dans la production de haschich et la résine de cannabis.
C'est le pays source de référence puisqu'il représente environ 60 % de la production mondiale de cannabis.
Le Mexique, quant à lui est le pays qui est connu dans le milieu pour le narcotrafic omniprésent.
Les cartels de la drogue se mènent une guerre impitoyable dans ce pays de transit de la cocaïne de la zone andine vers les Etats-Unis parce qu'un certain nombre de drogues sont aussi produites sur place, notamment la marijuana, le pavot (héroïne) et les amphétamines.
90 % des drogues qui circulent aux Etats-Unis (premier consommateur mondial) sont produites ou acheminées via le Mexique.
La distribution en gros s'effectue directement par des grossistes et semi-grossistes auprès des importateurs grossistes avant d'être revendue aux dealers pour leurs distributions finales.
Pour des raisons évidentes de sécurité, les grossistes privilégient de travailler avec quelques dealers confirmés qui achètent en

---

[22] Organe International de Contrôle des Stupéfiants

gros et avec qui, ils ont une confiance absolue, validée par des tests de personnalités.
Cette organisation du travail qui implique une répartition des tâches et des responsabilités a généré des systèmes criminels transnationaux à chaque niveau du trafic de drogue.
Les compétences et les savoir-faire des différents acteurs (producteur – chimiste – importateur – passeur – convoyeur – gardien des stocks – guetteur – rabatteur – revendeur et blanchisseur n'empêchent pas qu'à différents niveaux spécifiques, les protagonistes ne tissent des liens d'amitié entre eux.

Par contre, la distribution finale qui par principe est trop risquée est laissée à part aux dealers de la rue, afin de ne pas remonter le niveau supérieur de la filière active.

♦

Une activité illégale signifie deux grands types de risques pour les trafiquants de drogue ; une sorte de sécurité sociale les protège des accidents liés aux différents métiers. Les meurtres, les blessures graves, les arrestations, et l'emprisonnement sont monnaie courante.
Aussi est-ce pour combattre les forces de l'ordre et la justice ainsi que les violences des clients, des fournisseurs et des organisations concurrentes qu'a été instituée cette protection sociale.

Sans elle, la guerre contre la drogue serait perdue depuis longtemps, alors que c'est un cercle vicieux qui ne s'arrête jamais :

« Tu coupes une tête, aussitôt une autre revient »

L'efficacité de cette organisation révèle que seuls 10 % des drogues sont saisies par les douanes et la police, alors que 90 % circulent librement, soulignant ainsi l'échec de la politique répressive.

Pourquoi :

Le trafic de la drogue est enraciné dans la société tant du point de vue de la consommation que du trafic parce qu'il vend « du bonheur consommable », parce que c'est une source exogène de plaisir artificiel.

♦

Chapitre XIII

◆

Un pied dedans…

◆

Layla, je t'en prie réponds moi !
Layla, Layla, s'il te plait - parle…
Ce silence est inquiétant.
Dalil est désemparé…

*

Une voiture s'arrête, le chauffeur l'invite à monter.

« Mec t'as un problème, je peux t'aider… »

Impossible, je ne vois pas d'issue…

Mec, je sais que ta sœur t'a appelé à son secours…

C'est bien le problème, elle est loin et je n'ai pas les moyens de l'aider.

Mec, si tu veux, on peut trouver une solution.

Quelle est la contre partie ?

Un petit boulot au départ, mais si t'es cool, tu peux gravir les échelons !

De toute façon, t'es à l'O.M et tu ne sais pas si tu seras un grand joueur.

C'est quoi le petit boulot ?

Mec, je peux pas t'en dire plus, on doit d'abord vérifier… tu comprends mec, c'est un job de confiance !
Tu corresponds au profil du poste, mais il faut des garanties, mon manager est exigeant et j'ai pas le droit à l'erreur…

Tu vas devoir accepter un test qui, s'il est concluant te donnera le droit d'être présenté à mon manager. Tu comprends mec, c'est moi qui suis responsable auprès de lui !

Que dois-je faire ?

Bonne question, je vois que tu coopères, c'est bien pour ta sœur…
Nous savons que t'es en relation avec un collégien qui s'appelle Allan !
Tu vas lui demander de t'aider à sauver ta sœur, il pourra pas te refuser…
Tu lui demanderas d'être un rabatteur.

C'est quoi ça ?

Un petit service qu'il te rendra en t'apportant ses copains qui il aura convaincu de t'aider dans ton job pour sauver ta sœur.
Tu sais mec, ces gars sont des boyscouts prêts à rendre service…surtout pour une cause humanitaire.

Et puis tu sais mec, je suis marchand de bonheur, je sais mec, la pression que les profs leur mettent, sans compter les parents qui poussent à la roue…
Mon manager et moi, nous avons ce qu'il te faut.

Tiens je t'offre» une taffe »…

Qu'est ce que c'est ?

Une drogue ?
Mec c'est une drogue douce, elle te donnera du bonheur, t'en as besoin en ce moment, tu déprimes !

Pourquoi tu m'offres ça ?

Je te l'ai dit mec, je veux te présenter à mon manager

Moi, je sais même pas ton nom !

Moi c'est Najem, je suis marocain comme toi et je sais que t'es malheureux… pas de famille en France, pas d'amis, l'O.M ; c'est pas gagné… !

*

Dalil prend le joint dans ses mains et tire une taffe comme le lui a montré Najem ; il en tire une seconde plus profondément…
Il devient quelques instants plus tard, plus bavard, la parole vient naturellement, il rigole… la vie est belle !

C'est le bonheur ta taffe.

Tu vois Dalil, nous sommes frères maintenant, t'as ma confiance, je vais présenter ta candidature…

◆

Chapitre XIV

◆

Comment Hammed refuse la culture du cannabis

◆

Bonjour –
Bonjour – Qui êtes-vous ?

Nous sommes la société qui te propose la culture du Cannabis

La ferme appartient à mes parents – Ils ne veulent pas expérimenter cette culture par tradition religieuse et aussi parce qu'ils veulent rester maîtres de leur production.

Je comprends Hamou – c'est bien ton prénom

Oui

Tu es le seul fils qui peut les aider, ils ont besoin de toi !
Peut-on parler avec ton père, nous avons de bonnes propositions pour lui.

◆

Bonjour Hammed c'est bien comme cela qu'on t'appelle,

Oui

Ton fils Hamou nous a fait part de ton refus d'adhérer à notre groupement de producteurs qui est le meilleur pour toi et ta famille.

Je ne mets pas en doute la valeur de ta société, mais je veux rester indépendant.

Tu sais Hamou tout le monde parle comme toi au début, mais nous savons que tu as beaucoup travaillé, que tu as élevé tes enfants dans l'esprit de la religion.
Mais crois-tu que pour eux l'exil est une bonne chose, ils ont du partir parce que tu ne pouvais pas leur assurer un emploi durable dans ta ferme.
Hamou ton fils et sa femme Fatine sont à un tournant de leur carrière !
Peuvent-ils vivre dignement sous ton toit ?
Je sais que tu l'as fait avec tes parents, mais l'époque est révolue ; les jeunes aujourd'hui veulent vivre une autre vie !
Nous pouvons les aider ; tu ne peux rester seul avec Farida, ton épouse ; la vieillesse exige beaucoup d'entraide des enfants et des amis, mais ce n'est pas une fin en soi.

Fatine et moi, nous savons tout cela et nous n'empêcherons pas nos enfants de vivre comme ils l'entendent !

Hammed avec le respect que je te dois, je suis à ce stade de l'entretien obligé de t'apporter des nouvelles qui t'attristeront.

Silence…

Tu as deux enfants qui sont exilés !
Ta fille Layla est en Syrie et elle a demandé que Dalil celui qui est à Marseille vienne la secourir.
Comment veux-tu, alors que son avenir professionnel est incertain qu'il soit d'un secours à Layla.
Donc en résumé, la misère est chez toi !
Nous pouvons t'aider si tu acceptes notre proposition…

Je suis malheureux d'apprendre ces mauvaises nouvelles mais je ne peux pas accepter, c'est contraire à ma religion.

Hammed, ma patience a des limites et si tu n'acceptes notre aide, non seulement tu mets en danger la vie de Layla, mais Dalil est déjà en contact avec des rivaux à nous, que nous ne pouvons pas accepter.
Il va lui être proposé de rentrer dans leur organisation et là, je ne réponds plus de lui, ni de ta fille !

Si je comprends à demi mot, mes deux enfants sont condamnés et seul toi et ta société peuvent nous secourir !

Tu as bien compris Hammed, tu n'as pas d'autre choix – Nous sommes, tu en conviendras, les premiers à te contacter et tu sais maintenant que leur proposition arrivera trop tard !

Pourquoi ?

Nous sommes déjà bien implantés dans le Rif marocain et pour des raisons économiques évidentes, nous ne pouvons pas tolérer que des concurrents viennent entraver notre organisation.
Nous ne quitterons ta maison que si tu signes.

Pourquoi, dois –je signer ?
Je suis libre de choisir ce que je dois cultiver.

Hammed, je crois que tu ne veux pas comprendre que c'est ta dernière chance ; si tu ne la saisis pas maintenant les mauvaises nouvelles que tu viens d'apprendre ne sont pas comparables à ce qui t'arrivera si tu ne signes pas.

Ce sont des menaces ?

Appelle ça comme tu veux, j'ai déjà perdu beaucoup de temps avec toi et le temps c'est de l'argent.

◆

Chapitre XV

♦

Quelque part en Syrie

♦

Les Américains pensaient qu'Assad serait facilement renversé...

Les Etats-Unis soutenaient régulièrement des groupes djihadistes parmi les plus violents. Ils supposaient avec cynisme que ces groupes effectueraient le sale travail à leur place et qu'ensuite, ils pourraient les pousser vers la sortie.

Ils avaient de nombreux alliés, notamment l'Iran et la Syrie...

Quelle naïveté ou alors, se sont-ils laissés piéger à leur propre piège ?

La charte des Nations Unies n'autorise pas les Etats-Unis à organiser une alliance, ni à fournir clandestinement des armes lourdes, et encore moins à financer des mercenaires pour renverser le gouvernement d'un pays tiers.

Selon les médias américains et européens les plus importants, l'intervention militaire russe en Syrie est une trahison.

Poutine aurait-il des visées expansionnistes ?

La Russie n'agit que par rapport aux provocations des Etats-Unis contre son allié.

Les États-Unis et leurs alliés ont inondé la Syrie de djihadistes sunnites, tout comme ils l'avaient fait en Afghanistan dans les années 1980 avec les moudjahidines qui devinrent plus tard Al-Qaida.

Il paraît probable que dès mars ou avril 2011, des combattants sunnites anti-régime et des armes commencèrent d'entrer en Syrie par les pays voisins. De nombreux récits de témoins oculaires firent état de djihadistes étrangers engagés dans des attaques violentes contre des policiers.

Entre Poutine et Assad, un bras de fer semble être engagé.

Poutine veut plus de flexibilité d'Assad dans le processus de transition, mais Assad résiste…

Combien de temps durera ce bras de fer ?

Poutine est un stratège qui a sécurisé le pouvoir d'Assad grâce à cinq mois de bombardements. Ce soutien russe a permis à l'armée et aux Iraniens de se rapprocher d'Idlib, le bastion d'al Nosa, un peu plus au nord.

Par contre, autour d'Alep, l'étau s'est desserré, et les loyalistes ont gagné des positions à l'est en direction de Raqqa. Quant au sud, grâce à ses bonnes relations avec le roi Abdallah, Poutine a réussi à neutraliser la Jordanie, base arrière des rebelles, permettant ainsi à l'armée et au Hezbollah de reprendre des positions. Sans être un pronostiqueur expérimenté, l'avantage à Poutine est évident !

Comment préserver Damas sans les appuis aériens russes ?

Les djihadistes d'al Nosra veulent toujours lancer une offensive contre l'armée régulière, mais l'opposition doit se garder de rêver, le régime sera soutenu selon les avancées exigées par Poutine.
L'organisation djihadiste contrôle une bande frontalière et les routes secondaires qui convergent vers la Turquie. Elles sont de ce fait plus dangereuses et difficile d'accès et interdisent le principal axe de ravitaillement du groupe Etat islamique (E.I) entre la Syrie et la frontière turque.

♦

Chapitre XVI

♦

La doctrine djihadiste

♦

A qui téléphones-tu ?
A mon frère en France

Tu sais que c'est interdit et pourtant tu le fais Je vais t'envoyer à Dahuk pour que tu obéisses aux dirigeants et aux combattants de Daesh.

Non, je n'ai rien fait qui mérite une telle punition ; je ne veux pas être leur esclave, ni être traitée comme du bétail.

Tu ne mérites que cela, tu seras une source de revenus pour l'organisation. La beauté de ton corps se monnaiera bien auprès des combattants. Ton hymen sera reconstitué chaque fois que tu devras te marier. N'oublie surtout pas que pour toute libération, une rançon est demandée, le prix est en fonction de ton rang et de ta beauté.

 Pitié Nasr Eddine , je t'ai toujours obéi, je t'ai rejoint pour lutter à tes côtés et tu me jettes dans les bras de ceux qui punissent les femmes et les enfants.

C'est la doctrine djihadiste - ça ne se discute pas !

Donne moi ton téléphone, nous allons vérifier son contenu et les différents appels…

♦

Chapitre XVII

♦

Quand l'informatique accumule les preuves et offre des manœuvres de déstabilisation

♦

Les preuves numériques que nous cherchions sur les diverses activités du jeune accidenté nous confirment les renseignements que nous possédions par ailleurs :
Son identité, ses antécédents judiciaires, ses contacts téléphoniques, ses correspondances par SMS, ses habitudes révélées par le GPS du téléphone.
Nous avons pu faire un copier –coller sur notre ordinateur de référence et mettre en place les dispositifs correspondants.
Il ressort que nos attentes sont couronnées de succès, la filière est connue ; ses ramifications remontent jusqu'au Rif marocain, passe par la Syrie, l'Espagne et la Provence Côte d'Azur, sans oublier différents quartiers de Marseille.
Notre base de données se complète d'heure en heure et les nouvelles données enregistrées depuis la manipulation sur son portable devraient rapidement déboucher sur une intrigue que nous piloterons à distance.

*

Nous venons de capturer un téléphone mobile en Syrie qui nous oriente sur celui d'un autre téléphone basé à Marseille. Son propriétaire

est fiché chez nous suite à un contrôle de routine. Une parenté est établie entre ces deux propriétaires qui eux-mêmes ont leurs racines dans le Rif marocain.
Nous allons nous rapprocher de nos services dans ces pays concernés. Nous espérons que nos enquêtes déboucheront sur de nouvelles pistes.

◆

Monsieur le Commissaire,

Nous allons géo-localiser ces deux téléphones en combinant l'information d'un nombre d'éléments environnants (téléphones portables du secteur et nous les comparerons à la durée du temps, que le signal du téléphone écouté prend pour atteindre l'antenne.
 Cette précision doit être spécifiquement activée par la compagnie téléphonique, car ce n'est pas une opération ordinaire puisqu'elle intéresse la lutte contre le terrorisme et la drogue.
Nous avons l'assurance qu'il n'y a pas de contre-mesure contre les compagnies.

◆

Chapitre XVIII

♦

Dalil s'affole

♦

Dalil est devant le lycée que fréquente Allan, il essaie d'être le plus discret possible, ce qui n'est pas facile ; la présence de professeurs, de parents et de badauds rend difficile l'approche.
Allan est accompagné... Que faire ?
Les suivre à distance et attendre l'opportunité !
Elle survient assez rapidement lorsque la séparation s'effectue.
Dalil accélère l'allure et accoste Allan tout essoufflé.

Dalil pourquoi es-tu là ?
J'ai besoin de ton aide, il faut que tu m'aides...
Raconte.

*

Ma sœur Layla était partie en Syrie rejoindre un chevalier de la foi qu'elle aimait. Je la croyais heureuse ...
Depuis quelque temps ces communications téléphoniques m'inquiétaient, elle répondait assez évasivement à mes questions et cessait la communication brusquement.
Je pensais alors que c'était des coupures de lignes sur le réseau...
Mais récemment, elle m'a supplié de la sortir de l'enfer dans lequel elle vit. Elle est

prisonnière avec d'autres jeunes filles et femmes et servent d'esclaves à des combattants de Daech. Son compagnon n'est autre que l'un de leurs chefs. C'est un tyran. J'ai peur pour la vie de ma sœur et notre famille est trop pauvre pour lui payer le voyage du retour. Moi-même je n'ai pas d'argent !
Pour en gagner je dois absolument trouver des clients pour acheter « du bonheur »
Le bonheur ne s'achète pas Dalil !
Celui là est une drogue douce…
Mais Dalil aucune drogue n'est douce, tu le sais c'est un trafic illégal !
Tu ne peux pas t'engager dans cette voie.
Allan, je t'en prie, il y va de la vie de ma sœur !
Dalil, je ne peux pas t'aider et de plus mon père est inspecteur de police. La dernière fois que nous nous sommes rencontrés, une amie de mes parents m'a reconduit à la maison. Pendant le trajet, elle m'a posé des tas de questions parce que j'étais dans ton quartier. Elle en a parlé à mes parents et depuis l'inspecteur mène l'enquête si je peux m'exprimer ainsi.
Mes parents nous surveillent ma sœur et moi, nous n'avons aucune marge de manœuvre.
Allan, si tu ne peux pas, ce que je comprends, recommande-moi auprès de certains de tes amis.
Non Dalil, je ne peux pas non plus !

Allan, je suis désespéré, je n'ai pas d'autre alternative…

Chapitre XIX

♦

Hamou relance son père suite à différentes menaces.

♦

Papa – Depuis que tu as refusé l'offre, sans cesse je reçois des menaces anonymes. Certaines sont relatives à ta ferme, d'autres sont matérielles et plus grave physiques sur Layla et Dalil !

J'ai vraiment peur

Je me suis renseigné chez nos voisins les plus proches ; ils m'ont tous confirmé que ces menaces sont réelles et qu'il ne faut pas les prendre à la légère. Je leur ai dit que je contacterai la gendarmerie, ils me l'ont déconseillé au motif que certains seraient de mèche avec cette organisation ; nous sommes sans protection !
Hamou Je pense que nous devrions en parler à Naouri, il est officier dans les Forces aériennes royales. Il pourra peut-être intervenir à un niveau supérieur à celui des gendarmes locaux !

Papa, je ne sais pas si c'est une bonne idée !
Hamou, je sais bien que tu veux cultiver cette plante parce que tu penses que l'économie prime sur le divin.

Non papa, j'ai peur pour Layla et Dalil. Leur organisation est internationale, elle particulièrement puissante et surtout déterminée à cultiver toute la région de Chefchaouen. Comme celle-ci est prés de celles de Bab-Berrer et Ketama, la surface serait beaucoup plus intéressante pour leur négoce.
Leurs méthodes de persuasion sont violentes et je n'ose pas imaginer que nous petits cultivateurs puissions être de taille à lutter

    C'est le pot de terre contre le pot de fer.

♦

Le téléphone portable vibre, Hamou prend connaissance du message :
    Regarde cette photo
    Le délai expire dans 2 jours.

Hamou est décomposé… Il pleure, suplie à genoux son père :

Papa ils vont l'exécuter après-demain, j'ai pensé obtenir ton accord sans te parler de la menace, mais regarde :

Layla est agenouillée, les mains attachées derrière son dos et un djihadiste se tient derrière elle, pistolet au poing braqué sur sa tête.

Comment peuvent-ils envoyer ce message, alors que tu n'as jamais communiqué par téléphone ?

Cela nous prouve qu'ils ont des relais partout, tantôt dans les télécommunications, tantôt dans la gendarmerie et que sais-je encore ?
Je ne supporte pas de savoir Layla prisonnière de ce monstre qui lui fait vivre, ainsi qu'à nous un cauchemar !
Papa, tu dois conclure ; je ne veux pas que Layla soit exécutée.

♦

Chapitre XX

♦

Allan se confesse à son père.

♦

Papa, j'ai besoin de te parler, je voudrais que nous ne soyons que tous les deux !
Le sujet dont je voudrais t'entretenir est si grave que je ne peux plus dormir ; je fais les mauvaises questions et naturellement mes réponses sont systématiquement dramatiques.

Qu'est ce qui est si grave à ton âge qui t'empêche de dormir ?

Papa, j'ai fait connaissance avec un jeune marocain issu des environs de Chefchaouen dans le Rif marocain. Il vit seul à Marseille. Il a été admis à l'Olympique Marseillais en qualité d'élève footballeur.
Jusqu'ici tout allait bien pour lui, jusqu'au moment d'un appel téléphonique de sa sœur qui est en Syrie et qui lui demande de la secourir.
Il n'a pas d'argent, pas de parenté en France et sa titularisation à l'O.M encore trop incertaine.
C'est tout naturellement vers moi qu'il s'est adressé pour que je lui vienne en aide.
Malgré mon refus motivé, il me relance car il est sous la contrainte d'un dealer qui veut l'intégrer dans la filière afin qu'il recrute de nouveaux clients parmi les lycéens.

N'est ce pas ce garçon que tu avais déjà rencontré dans le quartier de la Castellane, le jour où Patricia Ficout t'a ramené en voiture.

C'est ça Papa !

As-tu déjà fumé un joint ?

Non, pas moi mais Dalil mon ami marocain.
Le dealer l'a accosté parce qu'il savait que la sœur de Dalil est retenue prisonnière en Syrie et qu'il doit la sauver ?
Il n'a pas d'autre issue que d'intégrer comme démarcheur cette filière.

Le dealer lui avait permis de tirer une ou deux « taffes »
Dalil a rapidement été euphorique, il vivait une extase alors que les difficultés le tracassaient énormément.
Je pense que le dealer cherche à le rendre dépendant afin qu'il devienne lui-même consommateur et qu'il coopère pour se faire de l'argent.
Il est en train de se faire piéger et je ne voudrais pas qu'il finisse victime également.

Tu as raison Allan, la drogue est un piège dans lequel il ne faut même pas mettre un doigt car très vite c'est le bras et la suite …
Vois-tu Allan, Patricia qui est médecin m'a expliqué que la drogue est un piège absolu.
Elle n'apporte pas de solution à ses problèmes, au contraire elle les aggrave. Le plaisir qu'elle procure diminuera en intensité et

en durée, l'obligeant ainsi à augmenter les doses. Hélas, il ne s'apercevra même pas qu'il devient dépendant. Le plaisir permanent qu'il ressent, procuré par le cannabis, le porte à croire qu'il est en mesure de contrôler – voire d'arrêter sa propre consommation.

                Ce n'est qu'illusion.

En réalité, il deviendra esclave, il perdra ainsi sa liberté et aussi sa santé. Le problème des drogues c'est qu'elles atteignent les neurones. Alors sa capacité à apprendre, à connaître, à raisonner s'affaiblira et le rendra malheureux.

Comment alors trouver ou conserver un emploi durable ?

Comment devenir dans son cas d'espèce un footballeur international puisque son cerveau est l'organe le plus important de son corps ?

Je ne sais pas quand ton ami a tiré sa première taffe, mais par contre je sais que les effets de celle-ci sur le cerveau agissent pendant 20 jours. C'est le T.H.C (tétrahydrocannabinol) qui reste présent dans les graisses du cerveau.

                *

Papa, c'est grave ce que tu m'apprends… comment empêcher mon ami de recommencer ? Et même comment l'empêcher d'être recruté.
Ta profession est plus répressive que préventive, comment peux-tu l'aider.

Allan, les pouvoirs publics disposent de services spécialisés que nous alerterons. Ils appliquent des protocoles qui progressivement, désintoxiquent les malades dépendants.

Papa, je compte sur toi pour intervenir auprès de ces services le plus rapidement possible.

◆

Chapitre XXI

♦

Quand Dalil est amené par un véhicule de police

♦

Une voiture de police s'arrête à hauteur d'un jeune homme dont le comportement semble suspect. Son allure est hésitante, ses pas sont désordonnés et il marche en fixant ses pieds. Interrogé par un agent, il est particulièrement agressif, puis rit et pleure sans motif apparent. Prié de quitter ses lunettes de soleil, ses yeux sont rouges et les pupilles dilatées.
L'agent habitué à ce genre de comportement l'invite à monter dans le véhicule ; ce que fait sans résistance le jeune homme. Il somnole et s'endort pendant le trajet jusqu'au poste de police.

♦

Placé en cellule de dégrisement en attendant d'être interrogé, son identification révèle qu'il s'agit de Dalil le marocain, pour qui une fiche avait été ouverte il y a quelques jours.
Un médecin appelé confirme qu'il s'agit bien d'un drogué au cannabis, les symptômes décrits par l'agent se révèlent fondés et confirmés.

♦

Chapitre XXII

Palais Royal de Rabat

◆

Commandant Naouri –
 Veuillez nous suivre, sa Majesté Mohamed VI vous convoque au palais royal.

*

Dans un salut impeccable le commandant présente ses respectueux devoirs à son altesse royale.

Commandant, nous vous avons convoqué parce que vous êtes notre sujet et que nous vous devons protection. Nous avons été informés des menaces qui pèsent sur votre famille dans la région de Chefchaouen que nous voulons développer, ainsi que pour votre sœur Layla prisonnière en Syrie et votre frère Dalil contacté par une organisation terroriste à Marseille.
Nos services de renseignements nous ont confirmés en tous points ces actes terroristes que nous ne pouvons tolérer.
De plus vous êtes l'un de nos meilleurs pilotes de chasse et nous vous devons d'exercer ce métier que dans sa plus grande sérénité.

Nous avons donc décidé de vous mettre à la disposition d'une armée étrangère pour laquelle vous exercerez vos compétences avec la même détermination que si c'était pour nous.
Vous rejoindrez directement votre affectation qui est secrète, c'est la raison pour laquelle vous ne pourrez pas saluer votre épouse et vos enfants. Nos services leur apporteront régulièrement les renseignements qui les tranquilliseront.
Commandant, nous comptons beaucoup sur votre savoir-faire et toute votre dextérité : Des enjeux économiques et la sécurité de nos sujets sont entre vos mains.
Nous vous souhaitons le plein succès. Notre confiance vous est confirmée.

Altesse, celle-ci nous honore particulièrement et nous vous assurons de notre parfait dévouement comme au premier jour de notre service dans votre armée royale.

    Allez commandant – Nos services vous prennent en charge jusqu'à votre affectation spéciale.
  Notre Royaume vous remercie d'ores et déjà.

  Salut militaire et demi-tour réglementaire.

♦

Chapitre XXIII

◆

Comment Patricia médecin et ami des parents d'Allan l'informe des dangers de la drogue.

◆

Allan, je suis admirative de ton courage d'avoir osé parler à ton père des préoccupations qui sont celles de ton âge.

Tes parents et moi en avions parlé mais nous attendions que tu te manifestes.

La confiance est réciproque et notre aide n'en est que plus facilitée.

La drogue est si complexe que les pouvoirs publics et le corps médical en particulier, l'abordent avec une extrême prudence.

Les vendeurs de bonheur sont en réalité les premières victimes d'une affreuse organisation mafieuse qui pour d'énormes sommes d'argent n'hésite pas à mettre en péril des vies humaines.

La concurrence est si grande qu'il y a entre elles des guerres de gangs.

C'est un drame de notre société. Nous devons à tous les échelons, connaître les risques pour mieux les combattre.

Le piège est absolu.

◆

Je vais essayer de te monter ce qui différencie un jeune consommateur de cannabis de celui qui n'en consomme pas.[23]

Sans cannabis	Avec cannabis
1- La bande copains se retrouve régulièrement.	Changement d'amis, sans raison de conflit
2- Activités scolaire ou extrascolaires avec des investissements parfois exagérés.	Désinvestissement, voire indifférence à l'égard de la vie.
3- Comportement habituel face à de nouvelles situations.	Hypersensibilité et nervosité inhabituelle.
4- Quelques colères ou rebellions possibles.	Agressivité verbale sans cause apparente ou réelle. Excès de rires et de pleurs sans motif apparent.
5- Rythme de vie parfois désordonné. Mépris affectif des horaires pour affirmation de soi.	Lenteur, nervosité puis apathie.
6- Perte d'appétit passagère ou fringale.	Perte de repères physiologiques de l'alimentation. Troubles des

---

[23] La lettre du CNID 28 N° 8 - Août 2013.

7- Hygiène quasi-normale, voire excessive.	conduites alimentaires. Hygiène élémentaire négligée, voire nulle.
8- Fréquentation régulière du collège ou du lycée.	Absences répétées au collège, lycée, travail… fugues possibles.
9- Alternance respectée des activités – repos et sommeil.	Somnolence durant le jour, yeux rouges, pupilles dilatées, port de lunettes de soleil, même le soir pour cacher les yeux.
10- Investissement suivi dans un projet.	
11- L'argent de poche habituel suffit.	Projets nombreux voués à l'échec, motivation nulle. Besoin d'emprunter ou de voler l'argent. Parce que le cannabis coûte cher.
12- Aime souvent se parfumer, besoin de plaire.	Odeurs spécifiques dans la chambre « la fumette » avec apparition de papier cigarettes.

Maintenant que tu connais certains effets sur le comportement, je vais t'apprendre que le cannabis c'est le chanvre indien, qu'il ne faut pas confondre avec le chanvre textile. Il est cultivé depuis des millénaires sur le contrefort himalayen.

Il se consomme sous différentes formes : l'herbe, la « beuh », la marijuana, la résine, le haschich, le shit. Parfois elle est agglomérée avec certains excipients tels que : poudre de henné, poudre de pneu, verre pilé, cirage et même crotte chameau.

Le « joint » est un mélange de feuilles séchées, de résine, et de tabac.

Il est de plus en plus vendu sur internet. Mais il y plus nocif que le joint, c'est la pipe à eau.

Je te donne quelques indications que tu dois retenir :

Avec un joint, chaque inspiration représente 30 à 40 millilitres de fumée, tandis qu'avec la pipe à eau c'est 4 litres de fumée qui peuvent être inhalées à chaque fois.

Ça se passe de commentaire !

Le gros problème c'est le cannabis et le cerveau, il représente 1/40° du poids du corps et il reçoit ¼ du débit cardiaque total à chaque contraction ventriculaire.

Ce problème est causé par un principe actif psychotrope au nom plus connu sous le sigle : T.H.C (le Tétra Hydro Cannabinol).

Il est beaucoup plus dévastateur que l'alcool, car il agit à des doses infinitésimales, et s'il est présent dans le sang, à chaque contraction ventriculaire, le cerveau sera donc 10 fois mieux servi que ne le voudrait sa taille et son poids.

Pour que tu comprennes les effets de cette bombe à retardement, il pénètre par inhalation directement au cerveau car » il n'y a pas de fouille à la douane » ; je m'explique :

Il n'est pas arrêté par la barrière hémato-encéphalique. Il agit même à des doses infinitésimales. Je te donne en comparaison les effets des autres drogues :

- L'alcool provoque des effets ébrieux à partir de 1 milligramme par litre de sang ;
- La morphine, l'héroïne ont des effets stupéfiants à partir de 1 milligramme par litre de sang ;
- Le T.H.C agit dés le **millionième de grammes** ; De plus il est extrêmement soluble dans les graisses et comme notre cerveau est un « beurre » il peut donc s'y stocker durablement. Il se fixe alors sur :
    - l'hippocampe à la base du cerveau, ce qui l'affecte avec des effets identiques à la maladie d'Alzheimer qu'ont certains papys ;

- o Sur le cervelet, ce qui provoque des troubles de l'équilibre et qui rend dangereuse toute conduite de véhicule à moteur ;
- o Sur le cortex cérébral ce sont des effets sédatifs et une diminution de la vigilance.

En conclusion le T.H.C multiplie par 14 les risques d'accidents de la route et l'association « Alcool-Cannabis » est responsable de presque 400 accidents mortels.

Je termine Allan en t'assurant que :

❖ la prise d'un joint c'est une semaine d'effets de T.H.C dans la tête,

❖ plusieurs joints c'est plusieurs semaines, voire plusieurs mois de T.H.C dans la tête.

Donc

On ne fume parce qu'il est difficile de s'arrêter. Comme il est difficile de s'arrêter, surtout ne jamais commencer.
Si l'on consomme du cannabis surtout ne jamais toucher à l'héroïne : c'est irréversible.

« Le chichon c'est pas bon »

◆

Chapitre XXIV

◆

Quelque part dans le désert de Mohave en Californie
P.C des Opérations Spéciales

◆

Commandant,

Bienvenue au club très fermé de Joint Special Operations Command (JSOC).

◆

Tout d'abord commandant, un peu d'historique pour que vous compreniez la naissance de JOSC.

◆

Les États-Unis ont manœuvré, de fait, pour renverser Assad, même s'ils ont été le plus souvent discrets ou ont agi par alliés interposés. Ils s'appuyèrent sur l'Arabie Saoudite et sur la Turquie.

La C.I.A et l'Arabie Saoudite coordonnèrent en sous-main leurs actions.

C'est donc une guerre par procuration qui implique les Etats-Unis, la Russie, l'Arabie Saoudite, la Turquie et l'Iran.

L'alliance américaine (Arabie Saoudite et Turquie) se heurta à une opposition de plus en plus graduelle de la Russie et de l'Iran, dont l'armée par procuration, le Hezbollah libanais, combat aux côtés des troupes gouvernementales.

Le président Poutine comprit alors le désarroi des Européens face à la crise des réfugiés et il mesura la paralysie de la diplomatie américaine provoquée par le début de la campagne présidentielle qui commençait.

C'est alors que Poutine, à la surprise générale et en fin stratège, abattit ses cartes au tout dernier moment.
Juste une heure avant, Poutine avertissa Washington qu'il bombardera les alliés syriens des Occidentaux et plus exactement les rebelles qui avançaient péniblement vers Damas et qui menaçaient de renverser le régime de Bachar.
Puis il ordonna après la préparation aérienne, aux troupes spéciales russes et à l'infanterie de marine d'entrer en scène.

Les troupes iraniennes se joignirent à elles et personne ne connaît leurs limites !
Notre président Obama n'a pas compris que le clan Poutine fut effrayé par les manifestations de décembre 2011 à Moscou qui exigeaient son départ.

Il se sentait menacé et pensait qu'un complot était fomenté par les Américains contre lui.

Il luttera donc jusqu'au bout pour défendre ses amis menacés par Washington et surtout Assad.

Il démontre ainsi aux Occidentaux qu'il ne se laissera jamais renverser !

Ce pays est transformé en champ de massacres et son économie est détruite.

Ceci vous explique en partie que la moitié de sa population fuit leurs maisons et que des milliers de Syriens se réfugient à travers le Moyen-Orient et en Europe.

♦

Votre Pays et la C.I.A ont les mêmes objectifs concernant les missions spéciales. Celle que nous allons exécuter est sous le couvert d'anonymat, c'est la raison pour laquelle nous opérons dans un endroit désertique sous le commandement du Pentagone.

Nous n'avons que très peu de temps pour votre formation spéciale.

Nous vous prévenons que les lois de la guerre qui régissent les armées ne sont pas ici en vigueur.

Nous ne connaissons pas suffisamment votre dossier, aussi, allons-nous vous dire simplement que votre affectation n'a été acceptée qu'au plus haut niveau de nos deux nations.

Nous savons seulement que le destin de votre sœur est en jeu et que cette seule perspective vous motivera suffisamment pour exécuter une tuerie ciblée à distance.

Votre première mission concernera une cible décidée par le Pentagone. C'est pour que vous puissiez prendre en main cet appareil que vous ne connaissez pas que nous vous confions cette première exécution, car la suivante concernera la cible pour laquelle vous avez été affecté.

Les images que vous verrez sont si surprenantes de réalité que vous hésiterez à tirer.
L'ordre que vous recevrez sera celui d'un officier supérieur du grade minimum de colonel qui le recevra lui-même d'un civil attaché à la C.I.A.

Pour votre information, si vous n'exécutez pas l'ordre pour une raison indéterminée, l'analyse qui en découlera sera réalisée par des informaticiens spécialement formés à ces hypothèses.
Si leurs résultats déterminent que l'inexécution relève de votre seule décision, vous serez traduit devant un conseil de guerre qui comme

vous le pensez, ne vous trouvera aucune excuse.

Nous tenons à vous informer que ce programme d'assassinat ne concerne uniquement que les cibles « à haute valeur ». Cette pratique est formellement interdite par l'O.N.U.

Dans cette « approche hybride », la CIA « trouve et localise » les cibles, et le JSOC doit mener « la finition », c'est-à-dire l'assassinat.

La coopération entre la C.I.A et le J.O.S.C en Syrie est devenu un modèle qui servira dans d'autres conflits.

Ces assassinats sont des exécutions arbitraires, où la cible ne reçoit ni accusation ni aucune forme de procès.

L'extension du programme de meurtres par drone à la Syrie est une escalade de plus de l'intervention par Washington en Syrie. Elle positionne éventuellement un nouveau front qui offrirait à la C.I.A de reprendre les combattants de l'EI que Washington armerait...

◆

Les trois écrans de contrôle (le vôtre, celui de votre supérieur et celui de la C.I.A) verront en même temps les mêmes cibles transmises par le drone que vous piloterez de ce poste.

Pilotes de drone

◆

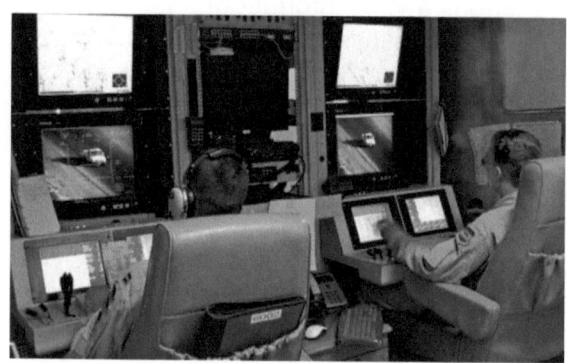

◆

Ce briefing se termine, il ne vous reste plus qu'à démissionner ou à accepter.

◆

Je comprends que je dois exécuter un crime de guerre défendu par les accords internationaux, mais la vie de ma sœur est le prix à payer…

J'accepte pour cette raison essentielle mais aussi parce que les terroristes ne respectent pas les lois de la guerre.

◆

Nous allons vous installer aux commandes du drone et comme sur un simulateur de vol, vous apprendrez le maniement de celles-ci.

Lorsque nous déterminerons que votre formation sera complète et que vous aurez réussi l'ensemble des tests, nous vous lâcherons, sachant que psychologiquement vous ne serez absolument pas préparé.

Seule, la vie de votre sœur devra guider votre esprit.

◆

Chapitre XXV

♦

Quand sa Majesté s'invite à Ben Guerir

♦

L'avenue La Marche Verte est entièrement sécurisée – Sa Majesté Mohammed VI pénètre dans la villa.

♦

La maîtresse de maison baise la main de sa Majesté.
Elle respecte ainsi la tradition profondément enracinée dans les rapports qui lient le peuple à la monarchie.

C'est une marque de respect pour le roi et un honneur pour elle.

♦

Majesté, notre demeure n'est pas digne de vous recevoir, c'est un grand honneur que vous nous accordez.

Madame, nous avons pris la décision de vous rencontrer afin de vous rassurer quant à l'absence de votre mari.

Nous l'avons affecté à une mission spéciale qui ne doit être connue de personne. Les différentes questions qui vous seront posées devront avoir la même réponse et seule la nôtre sera officielle.

    C'est une mission d'intérêt royal.

 La spécialité de pilote de chasse qu'exerce votre mari dans nos forces aériennes présente une opportunité telle, que nous avons choisi votre époux pour ses qualités militaires certes, mais surtout pour sa fidélité, que nous savons intacte depuis son admission dans le corps des officiers.
Notre armée de l'air doit s'équiper de nouveaux appareils, c'est la raison pour laquelle il a été sélectionné pour tester l'avion du futur dont nous voulons équiper nos escadres.

Aucune publicité ne doit être donnée à cette opération ; les intérêts économiques, militaires et diplomatiques sont si importants que nous avons jugé indispensable de vous en parler en personne.

Votre famille et belle famille chercheront des réponses aux questions que se pose toute personne intriguée par une absence mystérieuse.
Celle-ci commence par son unité ; des informations ont été précisées à ses supérieurs hiérarchiques, mais nous connaissons la jalousie liée au plan de carrière…

Cette ville et ce quartier en particulier s'interrogeront sur notre présence, les journalistes, les enfants, vos voisins, tous intrigués voudront connaître notre conversation.

Vous garderez une attitude normale, c'est-à-dire que vous ne manifesterez aucun signe de surprise ; votre mari vous a quittée normalement et comme toute épouse d'officier vous savez que certaines missions demeurent sous le sceau du secret.

Quant à notre visite, nous vous autorisons à leur dévoiler ce scoop :

 « *Notre fils le prince héritier Moulay El Hassan est ami d'école avec le vôtre et sa Majesté a voulu vérifier l'honorabilité de son sujet* »

Majesté notre fils est heureux d'être le compagnon de son altesse le prince et notre famille entière a toujours gardé cette information secrète.
Nous vous assurons Majesté, de notre parfait et profond respect et nous sommes particulièrement fiers d'apprendre que notre prince a choisi notre fils comme compagnon.

La jalousie et les intrigues ne manqueront pas Madame.

Alors, allons-nous mon époux et moi avertir nos enfants des jalousies à venir.

♦

Chapitre XXVI

◆

Opérations « Rhomara –Jebala »

◆

'ère de la mondialisation et ses retombées dans les domaines de la sécurité et de la Défense, mobilisent des compétences pluridisciplinaires.

Le crime organisé transfrontalier, l'immigration clandestine, le trafic de stupéfiants ainsi que les problématiques de l'environnement exigent une vigilance et une mobilisation constantes pour affronter ces fléaux et protéger le pays contre leurs dangers.

Les périmètres de productions de cannabis qui approvisionnent Tanger, Tetouan et Oued-Laou font l'objet d'une surveillance aérienne par drone.

Il collecte les informations à 40.000 pieds.

Au sol, des commandos spécialement aguerris[24] aux missions d'interception de trafiquants sont positionnés aux endroits stratégiques qui ne laissent aucune marge de manœuvre aux trafiquants.

---

[24] Le Makhzen – service secret de la D.G.S.T - (Direction Générale de la Sûreté du Territoire (Cf l'Institut de Recherches et d'Etudes sur le Monde Arabe et Musulman)

Un officier de liaison est en rapport avec le pilote de drone à qui il demande de cibler tel objectif afin de le zoomer et de lui donner les réponses aux questions qu'il se pose.

Les accès aux ports de Tanger, de Tétouan et la station balnéaire d'Oued-Laou retiennent toute leur attention en raison de leur architecture qui facilite les planques des trafiquants.

L'objectif est donc si clairement affiché que les interceptions se déroulent en rase campagne ; des ripostes armées sont envisageables.

*

Le principal élément de la Médina de Tétouan est constitué par les remparts datant de la fin du xve siècle qui entourent la ville.

 Ces remparts laissent le passage à travers sept entrées qui sont :
- Bab El Oqla,
- Bab Saaida (vers l'Est),
- Bab Mqabare
- Bab Ejjyafe (vers le Nord),
- Bab Nouader (vers l'Ouest),
- Bab Toute,
- Bab Remouz (vers le Sud).

À l'intérieur de la ville, les ruelles sont grouillantes de monde ce qui ne facilite pas les filatures.

Aussi est-il judicieux d'intercepter les trafiquants avant qu'ils n'y pénètrent.

Les principaux quartiers, datant de la construction de la ville, sont :

Laayoune, Essania, Trankat, Rbat Aala, Bled, Rbat Asfal et Mellah.

D'autres quartiers périphériques, ceux de *Korat Essbaa*, *Touilaa Foqia* (Touilaa Haute), *Dersa* et *Samsa* sont du type clandestin, construits par de nouveaux migrants (constructions sans autorisation).

Récemment, la ville connaît une meilleure planification et un contrôle plus sévère, matérialisés par le développement de bâtiments modernes de 6 et 12 étages (avenue des F.A.R et place de la colombe) et de quartiers résidentiels modernes (quartier wilaya et quartier de l'aéroport).
Ces quartiers périphériques connaissent actuellement une profonde restructuration à travers le Programme de Développement Urbain "P.D.U."

♦

Tanger connaît depuis avril 2016 de graves difficultés financières qui menacent la ville de la faillite.
Elle dispose actuellement de quatre zones industrielles dont deux ont un statut de zone franche (la zone franche de Tanger et la zone franche portuaire).

L'infrastructure de la ville du détroit est importante : un port gérant les flux de

marchandises et de voyageurs (plus d'un million de voyageurs par an) intègre un port de plaisance et un port de pêche.
L'Aéroport international de Tanger - Ibn Batouta est situé à Boukhalef,
à 15 kilomètres au sud-ouest du centre de la ville, sa capacité vient d'être portée à 1,5 million de passagers par an.

Officier de liaison :

Ici Oscar Lima 1 à Papa Delta 2

Pilote de drone :

Papa Delta 2 à Oscar Lima 1

 J'écoute

Oscar Lima 1 :

Un véhicule SUV Mercedes couleur noire actuellement sur route de Chefchaouen à Tétouan se dirige sur Zinate.

L'as-tu en visuel ?

Papa Delta 2

 Affirmatif- contact confirmé - bifurque sur Bou Khalled – Arrive à proximité – Ralentit – scrute avec ses jumelles…

Je pense qu'il cherche des sources qui ont un débit respectable pour l'irrigation des périmètres traditionnels des pieds de versant.
Il cherche à mon avis le captage des sources[25] et les réseaux d'alimentation.

Comme les réseaux sont rudimentaires, il repère les pertes d'eau, les parcelles qui ne sont pas bien drainées.

Il doit également étudier le système de répartition de l'eau entre les villages.

Toutes ces sources sont si précieuses !

Il semble observer la forme des terrasses qui est irrégulière, mais leurs productions sont semblables. Elles sont cultivées de manière intensive pour récolter les cultures maraîchères et le maïs de printemps qui succèdent au blé ou à l'orge d'hiver.

Des arbres fruitiers ombragent les parcelles.

Il cherche et repère, à mon avis les cultures dérobées de Kif.

J'enregistre et sauvegarde toutes ces données.
Elles sont enregistrées sur disque dur.

Il démarre et roule en direction de Bni Karrich.

Oscar Lima 1 :

---

[25] - L'Homme et la montagne dans la dorsale calcaire du Rif par Ahmes El Gharbaoui

Ok c'est dans le village d'Ahlou sur la route de Bni Karrich à Larache que la gendarmerie royale a intercepté un camion qui transportait 49 plaquettes de chira destinées au trafic.
L'enquête continue, elle est diligentée par le parquet général.
Donc, tu surveilles son itinéraire et s'il se dirige vers ce village, je mobilise le commando ad 'hoc.

Papa Delta 2

OK.

Il ne va pas à Tétouan. Il bifurque sur Larache certainement !

Oscar Lima 1

Je contacte Delta Golf 3.

♦

Chapitre XXVII

◆

Syrie Forces Spéciales Françaises

◆

La France a subi en janvier et novembre 2015 une double série d'attentats (147 morts, des centaines de blessés) commis notamment par des Français revenus de Syrie.

Dans l'entourage du ministre de la Défense, il est précisé que la France ne participe pas en raison des Français qui sont partis faire le jihad au sein du groupe Etat Islamique (E.I), mais elle irait s'il n'y avait pas de francophones.

Par contre, le ministre de la Défense, Jean-Yves Le Drian, laisse entendre que des soldats français se trouveraient, avec des soldats américains, aux côtés des FDS dans l'offensive en cours à Minbej, dans la province d'Alep.

L'offensive de Minbej (nord de la Syrie) est clairement soutenue par un certain nombre d'Etats, dont la France, sans précisions sur le nombre de soldats présents.

Selon l'armée américaine, l'offensive sur Minbej est menée par environ 3.000

combattants arabes locaux, avec le soutien d'environ 500 miliciens kurdes.

Les forces spéciales américaines conseillent les combattants rebelles impliqués dans l'offensive de Minbej, mais restent au niveau du "commandement" de l'opération, sans s'impliquer directement dans les combats, assure le Pentagone.

Cette offensive, appuyée par des raids de la coalition internationale conduite par les Etats-Unis, vise à couper l'axe d'approvisionnement de l'EI en hommes, armes et argent depuis la frontière turque.

Les forces spéciales françaises sont déployées en Syrie. Elles conseillent des rebelles arabo-kurdes des Forces démocratiques syriennes (FDS) engagés contre le groupe Etat islamique (EI).

Toutefois, selon le ministre de la Défense en commentant l'offensive de Minjeb :

"On appuie par des apports d'armes, de la présence aérienne et du conseil »,

En Irak, les forces spéciales françaises accompagnent les peshmergas kurdes jusque sur la ligne de front près de Mossoul (nord), les aidant à repérer et neutraliser des engins explosifs improvisés (IED) et à manier des canons de 20 mm livrés par Paris.

Ces IED, qu'ils soient dissimulés dans des objets, enfouis dans le sol ou embarqués dans des voitures bélier fonçant sur des check points[26], sont la terreur des combattants anti-EI.

Quand on est recherché, explique un activiste, une manière d'échapper aux ennuis est de porter la carte d'identité de quelqu'un d'autre.

« On te demande ta carte d'identité et les soldats ont une liste »

Précise un journaliste syrien retenu à un check point de Damas.

« Si ton nom de famille ou ta ville d'origine laissent planer un soupçon d'opposition, ils vérifient si ton nom est sur la liste. »

Pour éviter les ennuis, les militants ont mis au point des cartes matérialisant les check points autour des villes.

La connaissance des check points est très utile aux forces d'opposition.

Pour obtenir du renseignement, les forces spéciales françaises partent quatre à six mois à chaque mission, au rythme d'une mission et demie par an en moyenne.

Très sollicitées dans les guerres asymétriques des temps modernes, où elles apportent furtivité et fulgurance face à un ennemi souvent insaisissable.

---

[26] Les contrôles de sécurité sont généralement installés dans des zones sensibles stratégiques. En Syrie, il y a deux types de check points : les check points militaires et ceux de la sûreté.²

L'accompagnement, grande spécialité d'avenir des forces spéciales, ce sont l'équipement, l'entraînement, la connaissance mutuelle et la capacité avec quelques hommes (une dizaine), d'aider à mener un combat, en conseillant, voire en apportant quelques capacités comme le guidage d'avions, la coordination et les liaisons satellites", explique sous couvert d'anonymat un responsable des forces spéciales.

Les missions de conseil auprès de combattants arabo-kurdes et, à Bagdad, auprès de forces spéciales irakiennes permettent aussi d'obtenir du renseignement sur l'EI

♦

Officier Français de liaison :

Fox Alpha à November Metro (pilote de drone dans le désert de Mohave :

Cible demandée (Nasr Eddine) a été aperçue dans province d'Alep ; elle fait partie d'un convoi qui approvisionne en armes, munitions et argent les combattants de l'E.I à partir de la frontière turque.

♦

Problème :

Le convoi est composé de combattants mais aussi de « femmes esclaves » dont notre protégée (Layla).
Son compagnon qui l'a trahie lui a pris son téléphone que nous avions « marqué ».

La question est de savoir s'il fonctionne correctement, c'est-à-dire si notre carte SIM n'a pas été découverte ? Et si ce djihadiste l'a encore sur lui pour vérifier les éventuels appels.

Vérification demandée à DGSE.

La réponse mentionne bon fonctionnement de l'appareil.
La question est de savoir si ce téléphone est en possession du Djihadiste (Nasr Eddine).

Vérification demandée à DGSE pour géo localisation.

Géo localisation mémorisée en qualité de cible principale transmise à November Metro.

November Metro à Fox Alpha :

Bien reçu infos – cible repérée – attendons instruction particulière. – Terminé.

Fox Alpha à Tango Sierra (hélicoptère en Stand-by) :

Accuser réception de cible mémorisée sur votre écran de contrôle !

Tango Sierra à Fox Alpha :

Cible mémorisée – Terminé.

♦

Chapitre XXVIII

◆

Rumeurs et jalousies dans le quartier du commandant Naouri à Ben Guerir.

◆

Maman les copains m'ont traité de fayot, de lèche-bottes et ils disent que papa est déclaré déserteur parce qu'il n'est plus sur la base.
Je suis mis à l'écart et personne ne me parle plus, à part le prince héritier Moulay El Hassan.

*

Najib, mon garçon, tu le savais, je t'avais prévenu.

Leur as-tu dit que sa Majesté notre roi est venu spécialement s'informer de l'honorabilité du meilleur ami du prince héritier.

Tu vois bien que c'est de la méchanceté, de la jalousie !

Comment peuvent-ils penser qu'un officier supérieur, comme ton père soit déserteur et que le Roi en personne qui est chef des armées royales marocaines vienne dans notre humble demeure.

Si ton père était vraiment déserteur, ne crois-tu pas que les gendarmes et la police seraient venus nous interroger.

 Cela prouve bien que notre Majesté a confiance en Papa et en nous.

La meilleure preuve c'est qu'il nous autorisé à révéler l'amitié qui est admise par sa Majesté entre le Prince héritier et toi.

Quel honneur est le nôtre et quelle fierté aura ton père lorsqu'il l'apprendra.

J'ai téléphoné à tes grands parents paternels et à ton oncle Hamou qui se réjouissent de cette royale nouvelle ; d'autant plus qu'ils ont eu la visite de gendarmes de Chefchaouen pour les rassurer et leur prouver toute la confiance de nos voisins.

J'ai reçu un appel téléphonique du colonel commandant la base qui m'a appris que papa était bien arrivé à sa destination et que sa mission allait commencer.

Vois-tu, les plus hautes autorités nous manifestent leur soutien.

Il faut que tu le dises haut et fort que ton papa est un officier supérieur qui a toute la confiance du Roi et toi celle du prince héritier.

C'est pour cela qu'ils sont jaloux et comme ils n'ont rien appris sur ton père, ils inventent une désertion.

C'est de la pure diffamation et c'est répréhensible par la justice si nous portons plainte.

Ce que nous déciderons peut-être avec Papa.

Cette menace les calmera, crois-moi !

♦

Chapitre XXIX

◆

Hôpital de la Conception
Enquête policière

◆

Bonjour – Najem
Votre entrée à l'hôpital par les urgences est la conséquence d'un after n'est-ce- pas !

L'accident est donc lié à une surdose d'alcool. C'est un délit.

Les analyses ont révélé que vous aviez consommé du cannabis
Nous avons enquêté, vous êtes fiché chez nous comme appartenant à un réseau de trafiquants.

Nous allons vous transférer.

*

Le réseau auquel vous appartenez accumule les meurtres liés aux trafics ; c'est la guerre des gangs.

      Nous vous proposons de coopérer.

Je ne suis pas une balance.

Ne la jouez pas comme un artiste, ce n'est pas du cinéma.

La coopération consiste à nous fournir des indices, des renseignements, des preuves qui facilitent le travail des enquêteurs et nous font gagner un temps précieux.

Je ne jouerai pas les taupes

C'est un langage du cinéma ; nous ne jouons pas, nous recherchons des criminels et nous n'avons pas de temps à perdre.

Votre dossier est suffisamment ficelé pour que nous vous inculpions. Vous nous avez suffisamment fourni de preuves pour cela.

Je n'ai rien dit

Vos empreintes digitales et génétiques sont suffisantes pour les enquêteurs sur différentes affaires.

Nous vous proposons de devenir informateurs dans la plus grande discrétion naturellement. Il suffira que vous nous avertissiez d'éléments susceptibles de nous servir.

Je ne suis pas un indic.

Nous pensons que votre assurance est celle de quelqu'un qui ne risque rien. Nous allons vous expliquer les enjeux :
Votre liberté sera imminente après notre entretien certes, mais celle-ci sera l'objet d'une ou de plusieurs publicités vous concernant.

Vos amis comprendront très vite que vous les avez trahis…

Nous vous l'avons dit, nous avons suffisamment d'éléments pour vous inculper, mais vos amis, vous éliminerons pour que cessent vos trahisons et votre exécution servira d'exemple à tous les membres du réseau que nous connaissons.

C'est ainsi que s'effectuent les règlements de compte à Marseille.

Nous sommes des spécialistes et nos progrès paraissent dans la presse régionale et nationale.
 La presse étrangère est également partie prenante pour montrer aux cartels des gangs, l'évolution de leurs effectifs.

Vous ne pourrez plus vivre tranquille, vous le savez !

Vous serez traqué jour et nuit aussi bien par vos amis que par nous.
Vous ne trouverez aucun refuge, même votre amie ne voudra plus vous aider.
 Nous agirons de telle sorte qu'aucune banque ne vous accordera une ouverture de compte, vous serez fiché à la Banque de France.
Il ne vous restera que la mendicité et la rue pour dormir… jusqu'à votre exécution qui sera votre délivrance !

Pensez-vous encore assez résistant pour affronter les narcotrafiquants de Marseille ?

Chapitre XXX

◆

Quand le chef de réseau s'inquiète pour son matricule…

◆

Avez-vous vu ou aperçu Najem, son téléphone ne répond pas.
J'ai laissé un message codé que j'ai renouvelé.
Il respecte pas la procédure !

C'est quoi ça.

C'est pas bon signe, pourtant la police s'est pas manifestée !

Salman, t'as peur de quoi ?

J'ai pas peur moi, je sais pas où il est depuis qu'il a fait son after. Il a trop tiré avec l'alcool !

Il mesure pas, la dernière fois déjà, il avait perdu connaissance, il avait vomi !

Il est peut être mort ?

Faut le trouver à tout prix.
Salmane il est peut être à l'hôpital, ou en prison.

S'il était en prison, on le saurait, nous avons des potes.

Faut chercher sa voiture

Faites le tour des quartiers, mais discrètement. Poser des questions du genre :

« Si tu vois Najem dis lui que j'ai un bon deal pour lui »

Prochain rendez-vous ici dans deux jours.

♦

Chapitre XXXI

◆

Opérations « Rhomara-Jebala »

Déclenchement.

◆

Oscar Lima 1 à Delta Golf 3

Réponds

Delta Golf 3 à Oscar Lima 1

Reçu 5/5

Oscar Lima 1

Un véhicule SUV Mercedes couleur noire actuellement sur route de Bni Karrich à Larache devrait, si mes déductions sont bonnes, s'arrêter au village d'Ahlou ou à ses environs.
Il est en visuel avec Papa Delta 2 qui vous donnera les instructions d'intervention.
Terminé

Delta Golf 3

Bien reçu. Terminé

Papa Delta 2 à Oscar Lima 1

Véhicule en visuel ralentit son allure, scrute à la jumelle.
Le véhicule est arrêté, trois hommes sont à bord. Ils descendent et restent autour du véhicule.

Oscar Lima 1

Un chauffeur est-il au volant ?,

Papa Delta 2

 Négatif - Ils sont en confiance !

Un homme arrive de nulle part, je ne l'avais pas vu – magnifique camouflage !
La rencontre est établie. L'homme remet des billets, ça semble une bonne récolte.

Oscar Lima 1 à Papa Delta 2 et Delta Golf 3.

Primo : Ne pas perdre la trace de l'homme aux billets c'est-à-dire voire sa planque.

Secundo : Intercepter véhicule et les 3 passagers ainsi que pièce à conviction avec le moins de dégâts possibles.

Enfin : Ramener véhicule et passagers à la maison pour suite à donner…

Ne pas laisser d'indices compromettants.

Terminé

Chapitre XXXII

♦

Quand le commandant Naouri est lâché sur drone

♦

Votre période d'essai et terminé, vous avez passé les différentes épreuves sans difficultés spéciales.
Nous allons vous lâcher, vous serez en duo avec un officier supérieur américain qui a votre grade.

C'est une femme.

Sachez qu'elle est plus expérimentée que vous ; cependant l'équipage est toujours constitué de cette manière, de telle sorte que les comportements de chacun sont analysés par sexe. Nous apprenons ainsi beaucoup sur les aptitudes à réagir dans des cas extrêmes comme les deux missions que vous exécuterez.
Nous vous rappelons que la première cible est ordonnée par le Pentagone et que les ordres reçus s'exécutent impérativement quelques soient les images que vous découvrirez.

La seconde cible sera celle pour laquelle vous avez été affecté.

La seule motivation qui est la vôtre est le destin de votre sœur.

♦

L'opération « Raijin »[27] sera votre œuvre commandant. Lorsque vous l'aurez exécutée, nous vous débrieferons.

Nous vous rappelons que vous êtes commandant de bord et que votre copilote n'interviendra pas dans la décision finale qui est de votre seule compétence.

♦

Officier de liaison en Syrie

Fox Alpha à November Metro

 Comment me recevez-vous ? Répondez

November Metro

5/5 terminé.

♦

Fox Alpha

Vous devez avoir à l'écran, selon les coordonnées fournies, une bâtisse à l'angle d'une rue qui est enclos par un mur de 2 mètres environ. Un portail sans porte donne

---

[27] Mythologie japonaise – Est le Dieu du tonnerre et de la foudre.

accès à une cour dans laquelle sont rangées des voitures.

Nous attendons encore des participants à cette réunion.
 Dés que nos informations seront satisfaisantes nous vous dirons « Raijin » ce sera le signal.

A vous – Terminé

November Metro

 Compris – Terminé

Dans le bunker - conversation entre le pilote et le copilote :

Les cibles sont-elles toujours en ville ?, dans l'affirmative, les dégâts collatéraux doivent être importants,

Copilote :

Exact, mais les djihadistes nous obligent à procéder ainsi, ils se protègent dans des écoles, des hôpitaux et prennent des civils femmes et enfants en bouclier.

Pilote :

C'est horrible– comment vivez –vous cet assassinat après son exécution ?

Copilote :

Difficilement supportable, nous vivons des cauchemars par la suite.

C'est pour cela qu'il y un turn-over important parmi les pilotes.

◆

Colonel chef du bunker :

Commandant nous vous avions prévenu que c'était des cibles « de haute valeur ».

Vous n'êtes pas aux commandes de votre avion de chasse, l'adrénaline est différente ici !

Compris colonel, je me concentre.

◆

Pilote :

Je visionne un véhicule qui pénètre dans la cour, je zoome dessus :

Je vois sortir des hommes, une femme et deux enfants. Ce sont donc les boucliers.

Copilote :

Affirmatif – L'ordre ne devrait plus tarder !

Colonel à Pilote :
« Raijin »

Pilote :

Cible verrouillée

Copilote cible verrouillée

Colonel :

Ordre est confirmé de tirer.

Pilote :

Ordre reçu 5/5 – exécuté.

*

Quelques secondes plus tard la cible est atteinte, un énorme nuage de gravats et de poussière monte assez haut.

La rue s'anime, des passants viennent au secours.
Des femmes pleurent, lèvent les bras au ciel, des enfants sont près d'elles.

Le rassemblement grossit toujours.

♦

Colonel :

Cible nouvelle à l'écran – Veuillez verrouiller commandant et armer prêt à tirer à mon ordre.

Pilote :

Colonel ce ne sont que des civils, des femmes et des enfants.
C'est un crime de guerre.

Colonel : exécution –terminé.

Pilote :

Cible verrouillée et armée ; terminé

Colonel à pilote :

   « Raijin » - Ordre de tirer.

Pilote :

Ordre reçu 5/5 – Exécuté.

Quelques secondes plus tard, le nuage dissipé, il ne reste que décombres, cadavres éparpillés.

◆

Dans le bunker :

Ambiance lourde, atmosphère pesante, visages graves.
Les pilotes et copilotes quittent leur siège et rejoignent le colonel dans une salle avoisinante.

Colonel :

Commandant je comprends votre attitude, vous n'êtes pas le premier, vous comprenez les raisons pour lesquelles la procédure est si éprouvante. Nous sommes tous confrontés à ces remords ; je les vis comme vous parce que je vous les ordonne.
Je suis un soldat comme vous, expérimenté aux combats aériens, aux missions périlleuses, mais jamais je n'avais vu avec autant de précisions les cibles que nous détruisons.
Votre copilote vous a parlé de la lassitude des pilotes, ils ne peuvent même pas en parler.

Dieu seul sait combien nous aimons raconter nos missions et surtout nos exploits entre nous…

Là, nous avons honte de nous, nous regrettons notre métier de soldat.
Nous n'avons pas été préparés à ce genre d'opérations.

Vous comprenez pourquoi cette opération a été baptisée « Raijin » ; C'est pour les Japonais,

« Le Dieu du tonnerre et de la foudre… »

Commandant, le devoir nous appelle de nouveau.
Pour vous ce sera la dernière mission dans ce bunker.

Vous rejoindrez votre base au Maroc et vous essaierez d'oublier.

Colonel, la vie de ma sœur est une valeur inestimable pour moi, son prix à payer sera la réussite de ma mission, j'appréhende déjà la suite, car nous n'avons aucune préparation. Nous, pilotes de chasse, nous étudions avec minutie la mission qui nous est confiée. Nous analysons avec attention les détails de la cible, nous essayons, lorsque nous bombardons une cible à terre, d'être le plus précis possible afin de ne pas, ou du moins, de limiter les dégâts collatéraux.

Là nous n'épargnons rien, au contraire, nous en remettons une couche.

C'est un crime de guerre répugnant !

Pour ce qui me concerne, j'ai souvent briefé mes pilotes, je les encourageais, je les rassurais. Là rien. Tout est à l'écran, nous sommes des bourreaux qui, attendons le signal.

Il n'y a pas eu de procès, pas de jugement rendu…

Seule une décision du Pentagone et nous ne sommes que quatre, dont deux seulement sont aux commandes…

Le président décide et les quatre autres, dont un civil de la C.I.A nous obligent à obéir.

J'espère que ma sœur s'en sortira.

Colonel :

Commandant votre analyse est celle d'un vrai soldat, je suis fier de vous avoir pour quelques instants sous mes ordres. Hélas, comme vous et votre copilote, nous devrons exécuter la prochaine pour que vive la démocratie et que le terrorisme cesse

♦

Chapitre XXXIII

◆

Dalil coopèrera t'il ?

◆

Placé en cellule de dégrisement dés son arrivé au poste de police, Dalil est ausculté par un médecin qui confirme que l'analyse de sang pratiqué révèle bien qu'il est drogué au cannabis.

*

Le médecin, tout d'abord le met en confiance en lui parlant du Maroc, Pays qu'il a connu lorsqu'il effectuait son service militaire à Oujda.

Dalil est heureux de parler de son Rif natal, il est seul à Marseille et l'O.M est une trop grosse entreprise pour un Rifain comme lui. Il évoque son enfance avec son grand frère qui est pilote de chasse maintenant, Son autre frère qui est marié et qui vit de l'agriculture avec ses parents âgés et usés par tant d'années de labeur. Hélas, il déplore l'état misérable de sa sœur prisonnière d'un djihadiste en Syrie.

Le médecin le réconforte du mieux qu'il peut et relance la conversation sur le Rif marocain.

Tu connais ton pays mieux que moi, j'en suis certain, mais laisse moi te dire les raisons pour

les quelles tu vis à Marseille éloigné de ta famille et assujetti maintenant à la drogue.
Ton pays natal c'est le Rif qui est une chaîne montagneuse qui borde le littoral méditerranéen du Maroc.
Depuis des générations les tribus berbères l'habitent.
Les paysages montagneux du Rif sont soumis aux grands changements sociaux-économiques du 20° siècle[28]. Ils sont à l'origine des contraintes démographiques, Économiques et politiques qui affectent les structures naturelles et culturelles des paysages rifains traditionnels.

De plus ton pays connaît une croissance démographique qui démontre que la population totale est passée d'environ 4.5 millions d'habitants en 1900 à plus de 26 millions en 1994 ; le taux de population urbaine qui ne représentait pas plus de 1% au début du siècle, a rapidement atteint 51.4% en 1994.

Cette explosion démographique et l'exode rural qui l'accompagne concernent l'ensemble du territoire national. Cependant, la distribution humaine entre les milieux rural et urbain est très irrégulière d'une région á l'autre.

Dans les provinces de Chefchaouen et Taounate, le taux de la population rurale est supérieur à 90 %.

Cela représente un cas extrême.

 Ces deux provinces occupent la majeure partie des montagnes du Rif central et occidental.
La population de la province de Chefchaouen est sensiblement égale à la somme des populations rurales de Tétouan et le rythme de croissance s'est accéléré de :

        25 % entre 1971 et 1982 et
        De 42 % entre 1982 et 1994.

Les paysans doivent subsister.

Est-ce que tu comprends ce que je te dis ?

Oui, docteur, nous sommes malheureux c'est la raison pour laquelle mon grand frère s'est engagé dans l'armée de l'air et que ma sœur et moi avons quitté la ferme. Nous étions trop nombreux …

        C'est tout à fait cela !

Aujourd'hui et malgré les départs de certains enfants, l'agriculture traditionnelle n'est plus suffisante.

Pour y parvenir les femmes doivent, pour les besoins en combustible et les compléments fourragers, se procurer dans des conditions pénibles du bois, et des branchages dont les productions sont de plus en plus insuffisantes. Leur vie est tellement occupée par la recherche du bois, qu'elles n'ont plus de temps

à consacrer à l'éducation et a la nutrition des enfants.
Ces derniers, très tôt intégrés dans les charges pénibles du travail rural, ne font que perpétuer pour les générations futures des conditions de plus en plus difficiles à résoudre.

Cela impliquerait l'accroissement de l'exploitation du bois et l'extension des champs de cultures agricoles. Mais les différents types d'exploitations agricoles se caractérisent par la diversité du cheptel et des cultures maraîchères, arboricoles, céréalières et légumineuses dont une grande partie est destinée au marché.

Docteur, tu parles comme mon grand frère, le commandant ; il est pilote de chasse dans l'armée de l'air du Roi.

Tu comprends Dalil - que la culture du cannabis est devenu un rapport financier complémentaire pour les paysans.

Hélas c'est une culture maudite qui piège tout le monde ; les agriculteurs en premier qui deviennent tributaires des cartels de la drogue.

C'est quoi des cartels ?

Ce sont des organisations internationales criminelles qui exploitent les paysans et qui les asservissent.
Ensuite ce sont toutes les personnes qui vendent en gros ou au détail le cannabis, enfin

ce sont tous les malheureux comme toi qui ont été pris au piège.

Fort heureusement tu n'es pas trop impliqué et tu peux, si tu le veux t'en sortir.

Docteur, tu sais, j'ai commencé la drogue parce que j'ai demandé du secours à un ami français qui n'a pas voulu m'aider. Je comprends son refus ; il ne voulait pas être, comme moi esclave de cette drogue.
C'est alors que je me suis fait piéger par un dealer qui savait que ma sœur avait appelé, Je ne sais pas comment !

Tu sais Dalil, ces dealers sont eux-mêmes piégés par des narcotrafiquants qui utilisent tous les moyens pour parvenir à leurs fins malhonnêtes.

Revenons à nos moutons, s'il te plait :

Donc par sa grande rentabilité économique, le kif procure aux populations locales des revenus satisfaisants leur permettant de subsister certes, mais qui laisse à penser que les populations montagneuses investissent une partie importante des revenus du kif dans l'amélioration de l'agriculture et des conditions de vie en montagne. Malheureusement, elle expose la région aux dangers d'un système spécialisé et inflexible.

La part des revenus hors exploitation ne dépasse pas 8% en moyenne.

Donc Docteur, mes parents et mon frère l'agriculteur ont intérêt à cultiver le cannabis, ils s'enrichiront un peu et la ferme pourra alors nourrir la famille de mon frère et mes grands parents.

Quant à ma sœur Layla, comment la sortir de ce guêpier ?

Je suis désolé Dalil de ne pas abonder dans ton sens, mais s'ils cultivaient le cannabis, ils deviendraient automatiquement tributaires du bon vouloir des puissants cartels qui se livrent une guerre mortelle.

Ils ne seraient plus maîtres de décider eux-mêmes des cultures à exploiter.

De plus, lorsqu'ils auront signé le contrat, le cartel fixera ses prix d'achat, naturellement assez bas pour qu'ils tirent le maximum de profits ; alors que ton frère et sa famille travailleront comme des esclaves, sous les menaces de ces gens là.

Docteur, tu parles encore comme mon frère le commandant qui n'est pas d'accord avec mon frère l'agriculteur.

Tu comprends mieux maintenant que ton frère l'aviateur a suffisamment de recul, voire de hauteur pour expliquer à son frère les dangers de cette culture maudite.

Dalil, je ne suis pas professeur, ni assistant social mais médecin et un peu négociateur, c'est la raison pour laquelle je vais te proposer un marché.

Je pense qu'il est équitable, sinon je n'aurai pas accepté ce rôle.

*

J'ai voulu que ce soit un « gagnant/gagnant. » Comprends-tu ?

Oui docteur, tu dois me vendre quelque chose et moi si je veux l'acheter ; tous les deux, nous devons y trouver un intérêt.

Mais tu sais docteur, nous les Marocains, on est très fort dans le marchandage.

Oui c'est pourquoi, nous allons marchander. C'est un sport dans lequel je risque de perdre, mais si c'est pour la bonne cause, je serai un « bon perdant »

Moi aussi docteur je saurai savoir perdre un peu parce que je sais que tu veux me guérir de la drogue ; j'ai compris que c'était encore possible.

Commençons – Que me proposes-tu docteur ?

Dalil je te félicite, mais je te préviens que ce ne sera pas facile ni pour toi, ni pour moi, car ça ne seront pas des marchands de tapis !

Tu sais docteur c'est difficile d'être vendeur de tapis, mais c'est pas le moment d'en parler !

La drogue Dalil, est si complexe que pour démêler « toute la toile », nous sommes plusieurs partenaires, donc je ne suis pas tout seul à décider, tandis que pour toi, la décision t'appartient.
Je sais d'avance que ce ne sera de gaité de cœur ni pour l'un, ni pour l'autre. Je t'assure que j'ai négocié le maximum de choses pour toi, mais le « poisson » est si gros !

Que vient faire le poisson ici ?

C'est une expression qu'emploient souvent les services de la police pour désigner un présumé coupable, parce que la prise se fait dans les filets qu'ils tendent.

Et toi, tu seras l'un de ces filets !

J'apprends beaucoup avec toi docteur, t'es quand même professeur !

C'est vrai, il faut être pédagogue et persuasif pour soigner des malades ; fort heureusement l'expérience nous aide beaucoup, tu as de la chance, je suis l'un des plus vieux médecins et j'en ai guéri des malades de toute sorte.

Ce n'est pas à mon âge que je vais échouer. Donc je pars gagnant – Et toi ?

Moi aussi docteur, je veux apprendre à gagner avec un « marchand de tapis comme toi ». Nous allons gagner ensemble parce que j'ai décidé d'être ton élève, tu seras mon coach comme disent les footballeurs !

En parlant de football, pourquoi ça ne marche pas bien à l'O.M ?

J'étais très bon chez moi au Maroc. Un espoir disait le coach à mes parents, c'est pour ça qu'ils ont accepté de m'envoyer à Marseille. Mais ici je suis loin d'eux, je m'ennuie, j'ai pas la niaque, c'est toujours la compétition…

C'est le combat de la vie !
Mais veux-tu toujours être un espoir ?

Oh oui !

Alors quand on veut on peut
On progresse, déjà un point positif, j'espère que ce ne sera pas le seul !

Je reviens à mon « filet » .Tu as compris que c'était toi l'appât !

C'est quoi l'appât ?

Bonne question. Il y a plusieurs définitions possibles.
A la pêche c'est un objet (viande, préparation spéciale) que le pêcheur insère sur l'hameçon de sa ligne ; de préférence quelque chose qui plait particulièrement à ce type de poisson.
C'est pour l'appâter.

Tu comprends que la finalité - c'est pour le piéger !
Quelque fois le poisson est gardé, parfois il est remis en liberté, façon de parler :

« Liberté très surveillée.

Bien sûr qu'ils te surveillent, je parierai qu'ils te cherchent ! Mais nous qui te protégeons, nous connaissons leurs méthodes …

C'est exactement comme cela que les narcotrafiquants t'ont appâté et remis en liberté

As-tu compris que l'homme est un chasseur et qu'il utilise toutes les armes, y compris celles psychologiques.

C'est ce que tu fais avec moi docteur !

Mais il est super intelligent ce petit, il lit dans mes pensées maintenant !

 Quel progrès, je vais devoir revoir ma tactique !

Non docteur, je plaisante, j'aime ta façon d'appâter ! Je plains les policiers avec toi, t'as dû leur donner du fil à retordre pour qu'il t'appâte aussi.

Je vois que tu es un fin stratège, j'espère que ton coach s'en est aperçu, sinon, je lui donnerai un cours !

Attends docteur, tu parles de mon coach comme si j'allais le revoir bientôt !
Vous allez me remettre dans le club, mais ma sœur vous vous en moquez.

Ce n'est pas le genre de la maison ! Je t'ai déjà dit que la drogue c'est complexe ; mais l'organisation des cartels l'est tout autant. Alors crois-tu que nos services sont d'une telle simplicité ?
Nous travaillons si mystérieusement que même moi, je ne connais pas mes collègues et qu'ils ne soupçonnent même pas pour ceux qui me côtoient, que je travaille pour une organisation secrète.

T'es un agent secret ?

En quelque sorte oui et non.

Comment oui et non

Un agent secret c'est un policier qui travaille dans l'ombre, moi je suis médecin hospitalier et mon métier est d'abord d'être médecin. L'avantage c'est que je suis lié par le secret médical.

 Tu sais Dalil pendant la guerre, beaucoup de confrères étaient actifs dans la résistance. Leurs rôles consistaient à soigner les soldats mais aussi les résistants qui perturbaient énormément l'ennemi.

Alors pour moi c'est pareil, je suis en guerre contre la drogue et toi tu es mon client que je protègerai pendant toute ma mission avec ma casquette de médecin.

Je serai ton médecin du sport, c'est pour ça que ton coach écoutera ce que je lui dirai et toi aussi, car je serai ton agent de liaison et tu seras le mien.

Moi agent de liaison ?
Oui bien sûr car nous allons te remettre dans le circuit de la drogue.

Mais c'est dangereux !

Oui mais c'est le prix à payer pour sauver ta sœur…

C'est du chantage !
Non, c'est de la participation active, tandis que les narcotrafiquants eux, te menacent de mort, nous les services spéciaux, nous te protégeons et en échange tu nous aides à les traquer d'une façon naturelle puisque tu devras faire ce qu'ils te diront, naturellement tu me mettras au courant et moi je te dirai comment réagir.

Je suis ton coach médical.

J'aurai donc 2 coachs …

♦

Chapitre XXXIV

◆

Opérations « Rhomara-Jebala »
Quartier général du Makhzen.

◆

*F**aire regretter à l'Algérie sa révolution et son indépendance, voire les lui faire payer et conforter en même temps le Royaume du Maroc dans son rôle de masmar Ajha et de « chien de garde » docile des intérêts français dans la région...*
Le Maghreb ou plutôt les pays du Maghreb, comme le reste des pays du monde ne font qu'essayer de s'adapter, comme ils peuvent, à ses contraintes et lois. Ils auraient certainement pu y arriver d'une autre manière qui leur permettrait, en étant solidement unis et solidaires, de ne pas trop s'exposer aux pressions et aux avidités des puissances étrangères. Malheureusement, ce vœu est condamné à rester de l'ordre du rêve tant et aussi longtemps que la Monarchie marocaine, auxiliaire et cheval de Troie de la France n'aura disparu ! »

Le Makhzen, ou le système de servitude
volontaire par Baba Sayed

◆

« L'on comprend à la lumière de cette stratégie française dans la région, l'intérêt tout

particulier que l'Hexagone porte au Royaume du Maroc. Ce que signifie, dans les faits, la baraka dont paraissent être gratifiés les monarques successifs marocains, une baraka qui n'est en réalité autre chose que cette détermination à toute épreuve de la France de tout faire pour renforcer, protéger et défendre la monarchie archaïque et en faire, par tous les moyens, son cheval de Troie dans le Maghreb contre l'Algérie insoumise et rebelle »

Le Makhzen, ou le système de servitude volontaire par Baba Sayed[29]

♦

Messieurs - Lequel de vous est le chef ?

Si aucun de vous ne se manifeste, nous procéderons par élimination.

Vous êtes celui à qui a été remise l'enveloppe fort importante ; c'est une belle moisson que vous êtes venue cueillir.
 Le parquet général diligente une enquête pour la prise de 49 plaquettes de chira destinées au trafic.
Naturellement vous êtes venus récupérer l'argent puisque la marchandise n'a pas été honorée.

Nous ne comprenons pas ce à quoi vous faîtes allusion.

---

[29] http://www.arso.org/opinions/BabaSayed.pdf

Si c'est à ce jeu que vous comptez passer votre temps, c'est mal connaître notre maison.

Bien, lequel parmi vous deux, peut me donner la bonne réponse ?

Silence !

Comment s'appelle la personne qui vous a remise l'enveloppe et où demeure t'elle ?

Silence.

Vous n'êtes pas très bavards pour des curieux qui roulent en SUV Mercedes et qui scrutent à la jumelle les sources d'eau !
Vous êtes des ingénieurs de la biodiversité peut-être - qui vous intéressez à ce qui relève de nos compétences ; à moins que vous repériez les cultures dérobées de kif.

Silence.

Puisque la conversation est à sens unique, nous allons la rendre multiples ; vous parlerez, croyez moi sur parole, nous n'avons pas encore rencontré un vrai sourd et muet.

Les plus récalcitrants retrouvent la parole dés la première séance parce que voyez-vous, nous avons mis au point quelques spécialités qui agissent avant même que le client s'évanouisse ; c'est difficile de supporter une telle douleur, aucun homme n'y résiste, d'ailleurs celui que nous avons choisi comme chef va vous en faire la démonstration.

Nous sommes persuadés que l'un ou l'autre de ces acolytes avouera avant même de subir le même traitement.
Naturellement, vous pensez pouvoir résister, c'est à vous de voir !

♦

Pendant qu'une chaise percée est apportée, le présumé chef se déshabille entièrement.
Il est assis de force sur ladite chaise, les mains et les jambes attachées vigoureusement.

Un agent se place derrière lui et tient à la main un bottin téléphonique qu'il lui assène sur la tête, puis accélère la cadence en frappant toujours de plus en plus fort.

L'homme hurle de douleurs… Garde le silence.
Ses acolytes commencent à comprendre que la séance ne sera pas récréative…

Monsieur est résistant, il pense pouvoir subir les prochaines épreuves avec la même attitude…

Ce n'est pas connaître la suite…

Cette fois-ci, ce ne sera pas la tête que nous toucherons mais l'intimité de monsieur ! Oui l'organe reproducteur !

Devons-nous vous montrer ou acceptez-vous de nous révéler tout ce que nous savons déjà. Oui, nous savons tout de vos agissements, de votre organisation, mais ce que nous voulons c'est la confirmation écrite et signée de vous trois sans exception aucune.

D'ailleurs nos services procèdent déjà à des arrestations sur notre territoire.
Nous démantèlerons ton réseau qui est source de meurtres sur notre territoire et en Europe, ce qui nuit à nos investissements et affaires.

Silence

Bravo pour ton courage mais il est inutile tu verras, le premier coup est si léger pourtant que tu ne voudras pas du second.
Si tu résistes au premier, nous t'assurons d'ores et déjà que ce n'est pas deux, ni trois mais un nombre indéterminé de coups que nous donnerons parce que ton comportement nous énerve particulièrement.

Nous devenons alors incontrôlables.

Toi, tu nous supplieras d'arrêter…

Tu peux nous croire, l'expérience que nous avons, nous donne la certitude que tes camarades parleront avant même que nous arrêtions.

C'est insupportable à entendre et à regarder.

Tu vivras le chemin de croix, ce ne sera pas le même que le Christ mais le résultat est garanti. Les cris que tu lâcheras involontairement ne seront entendus de personne. Ce bâtiment est spécialement conçu pour ce gente d'interrogatoire.

♦

Chapitre XXXV

◆

Layla est traumatisée par la violence verbale de son compagnon

◆

T'es une pute ! Voilà ce que t'es !
Pourquoi tu t'es mise dans une situation pareille ?

Pourquoi tu es sortie tard le soir avec deux hommes ?

Pourquoi tu es sortie seule avec deux hommes ?

Une femme ne sort pas seule la nuit comme ça !

Une femme ne se ballade pas seule avec un homme !

Si tu sors comme ça, seule et tard avec un mec, le mec c'est sûr !
Il pense que tu attends quelque chose !

T'es comme celles qui couchent, qui aiment ça et qui attendent ça !

Je le comprends le mec il a pensé que tu voulais quelque chose, il a essayé et il s'est énervé que tu l'aies mené en bateau !

Qu'est ce qui t'as pris à faire ta maligne comme ça ?

*

On dirait que tu sais pas qu'une femme seule a besoin d'un homme,

Qu'une femme ne peut pas rester seule sans homme plus de 3 semaines.

Qu'un homme a plus de désirs que les femmes.

Quoiqu'il en soit, on sait bien que les femmes ont une vie sexuelle plus courte que les hommes, alors il ; faut les contenter quand elles sont en âge de procréer.

Ben oui, la vie sexuelle d'une femme est terminée à 45 ans.

Et puis tu pues, tu sens mauvais, t'es pas lavée !

Je peux pas, y a pas d'eau !

Rejoins les autres femmes, t'es une pute comme elles.

***

Chapitre XXXVI

◆

La mission « Raijin » donne des frayeurs

◆

Officier de liaison en Syrie : Fox Alpha à November Metro (bunker en Californie)

Comment me recevez-vous ? Répondez

November Metro
5/5 terminé.

Fox Alpha

Vous devez avoir à l'écran selon les coordonnées fournies un convoi de plusieurs 4X4 Toyota, 2 chars ouvrant et fermant le convoi.
Un problème d'identification du 4 X 4 à ne pas cibler est survenu.

Vous est-il possible de le repérer.

November Metro

O.K bien compris

Zoomons sur toute tenue assez féminisée

Dans le bunker :

Conversation entre pilote et copilote :
La femme que nous devons trouver porte un turban violet avec des pois blancs

November Metro à Fox Alpha
A l'écran avons :

2 chars ouvrant et fermant le convoi
Puis 5 Toyota 4 X 4.
Le turban violet est dans Toyota n° 3/5
Donc en 4ème position dans convoi.
Terminé à vous Fox Alpha.

Fox Alpha

Reçu 5/5
Une formation de 5 hélicoptères Apache se dirige vers le convoi :
- ♦ 2 hélicoptères détruiront les deux chars avec leurs missiles
- ♦ Les 3 autres s'occuperont des 4 X 4 avec des bombes à fragmentation
- ♦ Consignes spéciales a été donnée pour 4 X 4 avec femme portant turban violet avec pois blanc en 4ème position.

Fox Alpha à November Metro
Vous demande surveiller spécialement véhicule ciblé pour indiquer tout changement position.
Pendant intervention, risque de mauvaise visibilité causée par dégâts et nuages de sable.
A vous – Terminé

November Metro
Reçu 5/5
Problème nouveau découvert :
Véhicule ciblé équipé de missiles sol –air,
ayant femmes à bord qui servent de bouclier

Fox Alpha

OK prévenons formations hélicos et formation
commandos– Terminé

Fox Alpha à Hôtel Alpha (Hélicos) et Charlie
Alpha (commandos)

Véhicule 4 X 4 en position actuelle n° 4 est
équipé de missiles sol-air et plusieurs femmes
à bord dont 1 V.I.P. – Terminé

Hôtel Alpha à Fox Alpha
Bien reçu – contre–mesure électronique armée
– terminé

Charlie Alpha à Fox Alpha
Reçu 5/5 – dispositions prises – Terminé

◆

Chapitre XXXVII

♦

Forces spéciales Françaises en Syrie

♦

Officier Français de liaison :
Fox Alpha à November Metro (pilote de drone dans le désert de Mohave)

Information précise concernant le titulaire de la carte SIM (Cible demandée : Nasr Eddine)
Le porteur est dans véhicule 4 X 4 n° 1 situé derrière le 1er char dans le convoi.

November Metro

Bien reçu – N° 2 dans convoi juste derrière 1er char.
Terminé

♦

Chapitre XXXVIII

◆

*Opérations « Rhomara-Jebala »-
aveux*
Quartier général du Makhzen.

◆

Malgré les avertissements suffisamment explicites, l'homme refuse encore de parler.

*

Le bourreau se place derrière la chaise et muni d'une grande pelle à pain, assène un coup sec sous la chaise percée.

Un cri de douleur s'échappe immédiatement, l'homme éprouve de grosses difficultés à respirer, sa face est grimaçante de douleurs…

Dois-je recommencer, mais si tu refuses de parler je ne sais pas quand je m'arrêterai parce que je n'aime pas du tout en arriver à ce stade.
Je pense que ton camarade qui suivra, parlera avant même que j'assouvisse ma grande colère !

L'Homme est épuisé, il respire difficilement …
Il se décide enfin à parler…

◆

Oui, nous appartenons au cartel mexicain qui s'est implanté dans la région en amont et en aval du Rif marocain.
Nous contrôlons presque tous les périmètres de production de cannabis et nous œuvrons pour avoir tout le monopole.

Nous avons quelques petites exploitations qui résistent, mais elles ne pourront pas lutter parce que nous serons toujours candidats et nous empêcherons les autres cartels de s'implanter.
Nous sommes également sur tous les moyens de transport : aérien routier et maritime.

Si vous nous chassez, ce ne sera que provisoire ; nous avons d'autres solutions pour décourager d'autres candidats.

Quelles solutions ?

Je ne peux pas le dire parce que je ne connais pas les intentions de l'Etat-major !

◆

Je t'ai vu regarder les sources ; si c'est cela la menace ; ce sera une guerre sans merci.

L'eau est trop précieuse pour qu'elle reste en dehors de nos activités !

Ton baratin m'a beaucoup amusé, mais ce n'est pas cela que je voulais entendre… Je veux des noms, des fonctions et les planques.

Compris.

♦

C'est beaucoup trop dangereux, ce sera une bombe à retardement et à défragmentations multiples !

♦

Nous le savons, c'est pour cette raison que vous êtes là, vos aveux seront écrits de votre main et signés.

♦

Dans ce métier, les risques sont omniprésents, nous le savons toi et moi.

Ton intérêt, tu l'as compris est d'avouer tous tes contacts et ton organigramme.

Comme vous êtes trois, vous allez être séparés pour que vos aveux soient bien réfléchis, bien pensés et absolument complets.

Nous comparerons les copies et nous aurons tout loisir pour soulever d'autres questions plus pertinentes.

Vous serez isolé ; aucune excuse n'aura d'intérêt ; nous voulons tout savoir rapidement.

Si le délai me paraît trop important, je considérerai que c'est une stratégie pour laisser du temps à tes contacts qui s'impatientent déjà de votre disparition et qui mettent en œuvre leur plan B.

◆

Chapitre XXXIX

♦

Najem reprend ses esprits

♦

Inspecteur de police :

Votre admission en urgence a bien failli être catastrophique !
Etes-vous conscient des conséquences d'un after ?
La médecine d'urgence vous a sauvé, mais s'il doit y avoir une prochaine fois, le pourra t'elle ?

Non seulement vous aviez largement dépassé le taux d'alcoolémie mais en plus vous aviez une surdose de cannabis.
Habituellement c'est la mort garantie !

C'est ce que vous vouliez ?

Je ne comprends pas ce que vous dîtes.

C'est ça – prends moi pour un imbécile.

T'as de gros problèmes qui doivent s'ajouter à ceux que nous ignorons...
C'est ça – parle

Faut que je prévienne mes parents – Je trouve plus mon téléphone et l'infirmière m'a dit que j'en avais pas !

Et la voiture elle ne te tracasse pas ?

Si, si

Pourquoi,

Silence !

Ce silence c'est le début d'un aveu de culpabilité ! Les griefs s'accumulent, les charges se précisent et monsieur joue les innocents.

Je comprends pas monsieur l'inspecteur !

Bien sûr, bien sûr… monsieur roule en BMW 5 alors que moi inspecteur j'ai une 207 – monsieur a un iphone dernière génération, moi, un pauvre Smartphone gagné par mes points …
Monsieur n'a pas d'emploi rémunéré, j'entends par là que monsieur n'est pas connu par la sécurité sociale, la caisse d'allocations familiales et tout autre organisme chez qui, un employeur cotise par exemple une caisse de retraites, une mutuelle …

Par contre nous à l'Evêché, nous savons que Slimane est particulièrement inquiet, non pas pour son collègue Najem…

« Un de perdu, dix de retrouvé »

Il est inquiet parce qu'il te cherche désespérément et que le temps pour lui c'est de l'argent…

Je crois que ça sent mauvais pour ton matricule de dealer.

J'ai suffisamment d'indices pour que nous finissions cet entretien amical à l'Evêché, mon supérieur appréciera mon travail.

Il n'est pas comme Slimane, il sait que j'arrive avec du béton.
Que notre enquête sur le réseau de trafiquants et de narcotrafiquants progresse exponentiellement avec les empreintes digitales laissées dans et sur la voiture et avec les données récoltées dans la mémoire de l'iphone qui fonctionne parfaitement chez nous.

Nos spécialistes sont forts occupés… Quelles bavardes ces technologies nouvelles, même le GPS de la voiture se met à table…

Il ne reste plus qu'à monsieur de nous dire ou de nous confirmer ce que nous savons déjà.

La justice, nous demande tellement de preuves…

Messieurs les collègues – Emmenez monsieur Najem à la maison, soyez discret, je ne voudrais pas que ses amis le voient, ils s'arrangeraient pour que nous ayons un accident…

◆

Chapitre XL

♦

Syrie -Le commando à terre se prépare à l'action.

♦

Officier commandant le détachement de commandos

Briefing.

♦

Notre mission consiste à capturer vivantes des femmes prisonnières des djihadistes qui subissent des viols et autres sévices.

Elles leur servent de bouclier humain.

Notre tâche est particulièrement difficile.

Nous sommes épaulés par des hélicos armés de missiles antichars à guidage laser, de roquettes et de bombes à fragmentation.
Notre équipement est particulièrement adapté à la mission : tenues, casques et armements de camouflage.

Le désignateur laser nous servira à illuminer la cible imposée par l'officier de liaison qui servira à guider le missile qui la détruira.

Nos fusils M.24 sont tous avec équipement optique.

Nous sommes en contact permanent avec un officier de liaison. Sa mission est de nous informer en temps réel de la situation qui peut-être évolutive à tout moment.

Les djihadistes sont de redoutables combattants, fanatiques et cruels qui ne respectent pas les lois qui régissent la guerre.

Leurs méthodes sont barbares, le sentiment ne compte pas, l'honneur non plus.
l'EI a obligé une fois un jeune homme et d'autres mineurs à assister à la décapitation d'un homme, arrêté pour avoir eu en sa possession un téléphone portable qui contenait des chansons.

"Le sang a coulé de son corps pendant deux heures".

Notre mission comporte deux options qui s'offrent à nous :

- La première, le contact aura lieu le jour selon les ordres de l'officier de liaison
- La seconde s'opèrera de nuit …

Un détail particulier :

Nous devons particulièrement protéger une femme portant un turban de couleur violet avec des pois blanc. C'est la seule de cette couleur, les autres sont toutes en noir.

Les ordres sont clairs :

Les hélicos neutraliseront les deux chars et simultanément les Toyota, seul celui dans lequel est la femme au turban violet et à pois blanc sera de notre compétence.

Je pense que nous devrons être vigilants car ce véhicule est équipé d'un lance- missile et les femmes servent de bouclier humain.

Donc nos ennemis devraient être dans la cabine ; ce sont eux que nous devrons anéantir en premier, nos snippers seront déterminants pour la suite…

◆

Chapitre XLI

♦

*Opérations « Rhomara-Jebala »-
Transfert des prisonniers.*

♦

Nous ramassons les copies, J'espère que vos aveux sont complets, c'est-à-dire que l'organigramme de votre organisation et les noms de tous ceux et celles qui trafiquent sont bien notés.

Nous allons vous remettre dans vos cellules respectives en attendant que nous étudiions vos aveux écrits, signés et datés.

♦

L'étude des trois documents ne mentionne pas la politique de terreur que redoute la population, ni celle de dépravation qui sévit dans les rangs d'une grande majorité des autorités locales ainsi que des organes de sécurité.

♦

Comme nous en avions parlé le métier n'est pas sans risques…

Aujourd'hui vous êtes nos prisonniers, demain où serez-vous ?

C'est la seule question !

Les aveux recueillis par vos dépositions sont pour le moins très prudents.

Comment pouvez-vous imaginer un seul instant que nous contenterions d'un minima, alors que nous voulons tout, absolument tout.

Nous allons reprendre la chaise percée jusqu'à ce que vous compreniez que :
- votre séjour dans ces murs n'est pas celui de vos palaces sur la côte…
- vos fréquentations sont celles d'autorités locales ripoux que vous fréquentiez en toute impunité, dont nous voulons les noms et les attributions,
- les procès-verbaux établis par la police sont tendancieux, notamment pour ce qui concerne la culture du cannabis…

S.V.P. Pas de chaise percée, je parlerai !

Pourquoi maintenant : alors que nous vous avions largement prévenus de nos intentions pour obtenir ce que nous savions déjà.

Si nous parlons, nous sommes morts …Le cartel est impitoyable, tout est verrouillé à chaque échelon ; nous ne savons que ce qui concerne notre niveau de compétences.

Vous avouez enfin votre appartenance à ce cartel !

Bien sûr, bien sûr, vous n'êtes que des exécutants… qui roulaient en Mercédès SUV et qui observaient un périmètre de production, jumelles en main !

Vos outils de travail sont bien luxueux pour de petits exécutants !

Vous rackettez les paysans pauvres en les obligeant à vous payer des sommes d'argent pour leur éviter l'accusation de cultiver du cannabis.
 C'est d'autant plus étrange que ces paysans s'adonnent à cette culture depuis des siècles en toute impunité.

Parlez-nous de cette population qui souffre d'une incroyable dépravation qui sévit dans les rangs d'une importante majorité d'autorités locales[30] et d'organes de sécurité !

Expliquez nous comment les autorités judiciaires acceptent certains procès-verbaux établis par la police, alors que la culture du cannabis n'est pas clandestine ?

Pourquoi terrorisez-vous ces paysans et leurs voisins en les impliquant sur des listes de personnes recherchées par les services de sécurité afin de pouvoir les accuser et les soumettre au chantage ?

Nous aimerions entendre les noms des patrons régionaux, c'est-à-dire les

---

[30] http://www.maghress.com/fr/lagazette/2898

responsables de la sûreté nationale, de la gendarmerie, de la douane de M'diq et de la marine royale.

Comment des fonctionnaires ripoux obtiennent-ils des postes prestigieux et grimpent-ils si rapidement dans la hiérarchie de l'Etat ?

Combien coûtait le silence et l'aide logistique des hauts responsables ?

Pourquoi filmiez et enregistriez-vous certaines entrevues ?

◆

Déshabillez-vous tous les trois, la séance va être animée, vous serez attachés chacun sur une chaise et à tour de rôle, je frapperai vos fessiers.
Si vos intimités dépassent, je suis certain qu'elles n'apprécieront pas la « caresse ».

Pitié, pitié, je parlerai,
Moi aussi, pitié !
Pas de chaise percée SVP !

C'est trop tard, vous le savez bien !

Les trois la subirent cette « caresse » qui les laissa épuisés, meurtris dans leur chair et complètement anéantis.

◆

Transportés nus dans leurs cellules, ils râlaient de douleurs, tremblaient et suppliaient qu'on les achève tellement leurs souffrances étaient grandes…

Recroquevillés en position fœtale, ils tremblaient de froid et redoutaient l'arrivée de leurs geôliers.

♦

Chapitre XLII

◆

Naouri ne répond pas à son frère Hamou

◆

Papa, le délai arrive à son terme et je n'ai pas pu joindre mon frère Naouri.
Il est en mission spéciale, je dirai même secrète...
C'est tout un mystère, même ma belle-sœur n'a pas su me dire où il est, ce qu'il fait. Elle m'a semblé embarrassée pour me répondre...
Je suis de plus en plus inquiet pour Layla que j'ai nettement vu tétanisée par cette brute qui veut la tuer sauvagement.
Que faire, nous sommes si éloignés d'elle et seul Naouri saurait nous rassurer ; son métier est dangereux certes, mais il a toujours une solution...
J'ai peur du téléphone, les narcotrafiquants n'ont pas donné signe de vie.
Je suis prisonnier moi aussi !
Je ne peux pas te convaincre de signer et je ne n'ai même pas le droit de porter un jugement de valeur sur ta décision !
Pendant tout ce temps, notre pauvre Layla est séquestrée, martyrisée. Elle vit ses derniers moments seule abandonnée de nous tous.

Papa, je t'en prie, accepte de signer, nous reverrons la situation lorsque Naouma sera de retour.

Tu n'as pas le droit d'abandonner Layla !

J'obéis à Al-Hakam[31], c'est Celui qui juge et départage les créatures ici-bas et dans l'au-delà et Celui qui assure l'équité entre les créatures et nul autre ne va et ne pourra les départager et les juger ; et le Jugement dans l'au-delà sera parfaitement juste et approprié.

Maman, Maman – je t'en prie c'est ta fille bien aimée !

Hamou, je comprends ton désarroi, mais tu dois obéir à ton père ; il est croyant, moi aussi, nous remettons Layla entre les mains d'An-Nûr –

Il est la Lumière.

Il est Celui qui guide vers leur but ceux qui sont en proie à la tentation et les met dans la bonne direction selon une destinée ; Allah est Celui qui guide les croyants vers la lumière de la foi, crée la lumière et n'est pas une lumière qui n'est qu'une créature.

In. Chà'allàh[32]

Le téléphone sonne…

Chouf la vidéo…

---

[31] Source : Article *Noms de Dieu en islam* de Wikipédia en français (http://fr.wikipedia.org/wiki/Noms_de_Dieu_en_islam).
[32] Si Dieu le veut

C'est oui ou non ?

Soudain, la vidéo ne montre qu'un nuage incandescent et un silence inquiétant qui trouble Hamou !

Maman, c'est une explosion, je ne vois plus Layla, elle a été tuée, pulvérisée ; je n'ai même pas eu le temps de répondre…

C'est le malheur, notre pauvre Layla si jeune ; la seule fille de la maison !

Nous devons faire le deuil :

Allah, le puissant et majestueux a dit :

« Quand mon serviteur croyant perd un être qui lui est cher et reste patient pour complaire Allah, il n'aura pas d'autre récompense que le paradis »

♦

Chapitre XLIII

♦

*Forces spéciales Françaises en Syrie
Redéploiement des forces*

♦

Officier Français de liaison :

Fox Alpha à November Metro (pilote de drone dans le désert de Mohave)
Le porteur est toujours dans véhicule 4 X 4 n° 1 situé derrière le 1er char dans le convoi.

November Metro
Bien reçu – N° 1 derrière le char de tête - Terminé.

November Metro à Fox Alpha (officier Français de liaison)
Toyota n° 1 fait mouvement – se place à côté Toyota n° 3

Fox Alpha à November Metro
Compris – préviens hélicos

Fox Alpha à Hôtel Alpha 3 et 5
Toyota n° 1 roule à côté Toyota n° 3

Hôtel Alpha 3 à Fox Alpha :
N° 1 et 3 en parallèle

Hôtel Alpha 5 à Fox Alpha :

3 et 1 côte à côte

Fox Alpha à Hôtel Alpha 1- 2- 3- 4 et 5
Armer contre-mesures électroniques

Hôtel Alpha à : Fox Alpha :
1: OK – 2: OK – 3: OK- 4: OK- 5: OK

November Metro à Fox Alpha:
Toyota 1 et 3 arrêtés -

Fox Alpha à Hôtel Alpha 4
Toyota 1 vous verra à 3 h – Snipper visera sur précision désignateur laser

Fox Alpha à Hôtel Alpha 3
Toyota 3 vous verra à 9 h – Snipper tirera sur chauffeur et pax avant

Fox Alpha à Hôtels Alpha 1 – 2 et 5
Pas de changement - Terminé.

Fox Alpha à Charlie Alpha (commando)
Anéantir toutes cibles
Protéger femmes en uniformes
Enlever femme avec turban violet et pois blanc

Fox Alpha à November Metro (bunker dans désert de Mohave)
 Destruction cibles Toyota n° 1 et 3 sur ordre :
« TAIJIN »

November Metro à Fox Alpha
Reçu 5/5

November Metro à toutes formations :
Toyota n°1 est équipée d'une mitrailleuse sur laquelle est montée une antenne.
Certainement un radar mobile qui détecte tout objet entre 2 à 4 km.
Cela expliquerait redéploiement et nouveau positionnement.

Fox Alpha
Cible à détruire prioritairement - Terminé.

◆

Chapitre XLIV

◆

Quand Salmane se rend compte du danger

◆

J'aime pas ça, j'ai plus de contact avec mon chef depuis une semaine. J'ai plus de kif, les clients vont disjoncter.
Le réseau va perdre la clientèle !
Salmane pourquoi tu flippes, c'est déjà arrivé !
Ouais mec mais cette fois ci - c'est dans le mauvais sens !
Comment dans le mauvais sens,
Réfléchis mec, t'as déjà vu des patrons qui disparaissent ?
Tu parles de Najem !
Mec, Najem c'est pas un patron, c'est juste un dealer de quartier.
Au fait, il est aux abonnés absents celui-là – c'est louche.
Les gars faut qu'on sache où il est planqué...
C'est pas son genre de disparaître...

Quand on parle du loup, on en voit la queue !

Salut les gars, j'ai morflé dur... j'ai fait un after, mais un mauvais...
Où est ta caisse ?
J'en sais rien, je me rappelle plus...c'est une saloperie ce mélange, ça détruit les neurones m'a dit le médecin !
Le médecin, quel médecin ?
Celui de l'hôpital,

Quel hôpital ?
La conception
On a quelqu'un là-dedans ?
Je crois pas mec, sinon on aurait été averti de ton absence !
T'as parlé Najem ?
J'ai vu que des médecins et des infirmières !
Tu te fous de moi – tu crois que t'es rentré tout seul à l'hôpital !
Les pompiers et les flics sont toujours au même endroit et presque en même temps !
Je me souviens pas Salmane.
Tu veux que je te rafraichisse la mémoire !
Pourquoi tu me menaces ?
Mec, j'ai des responsabilités, et je me méfie des balances …
Tu mens, t'as vu les poulets et t'as craché sur nous…
En plus t'as pas ta bagnole, elle a parlé elle ; ils ont des outils pour ça…
Et ton téléphone, il est dans ta guimbarde bien sûr !
T'es venu ici directement, comme ça, ils savent qu'on te connaît !
T'es vraiment un connard mec !

Faut qu'on se tire de nos planques et si l'un de nous est pris par la volaille, la consigne est de ne rien dire…
Vous connaissez le verdict pour les bavards…

        C'est sans appel !

♦

Chapitre XLV

◆

Opérations « Raijin »

◆

Colonel à Pilote et copilote :
La mission se complique pour vous commandant, parce que le Pentagone veut absolument l'entier déroulement de la mission !

Colonel soyez plus précis SVP

Commandant vous avez bien compris ; le redéploiement de l'ennemi a changé la donne et le Pentagone ne veut pas de pertes dans nos rangs.
Lorsque vous avez détecté leur radar, c'était trop tard pour nos troupes, elles sont repérées !
Vous savez comme moi que l'effet de surprise a disparu et que les Toyota sont équipées de missiles sol –air !

Dois-je comprendre qu'il n'y aura pas de survivants !
Ma sœur est condamnée comme toutes les femmes !
Comment ne pas exécuter ma propre sœur ?, pouvez-vous m'exonérer de cette mission ? Je ne peux même pas me décharger sur mon

copilote qui est certes commandant, mais surtout est une femme !

Colonel –

I've had enough of this hell

(J'en ai assez de cet enfer)

Commandant, je comprends votre demande, cet ordre me répugne tout autant que vous, mais il n'est pas envisagé de le modifier ni de ne pas l'exécuter.
Je compatis sincèrement.
Veuillez détruire la cible commandant.

◆

Chapitre XLVI

◆

*Le commando des Forces spéciales
Françaises intervient*

◆

La progression rampante du commando s'effectue par un mouvement circulaire. Les hommes se positionnent selon trois arcs de cercle de 60 ° ; ils couvrent ainsi 180°. Chaque snipper a dans son viseur la cible qui lui est attribuée.

Le dispositif d'attaque mis en place et sécurisé, l'officier reçoit l'ordre du PC d'ouvrir le feu selon les consignes.
L'ordre de tir intervient.
Les snippers affectés à chaque cible tirent en même temps. Les passagers avant de chaque Toyota sont tués nets
Les deux chars sont détruits simultanément par les hélicoptères
L'effet de surprise fut total.
Le tueur qui s'apprêtait à exécuter la femme s'écroule sans achever son acte, ainsi que les deux occupants de la cabine du 4X4.
L'hélicoptère le plus proche débarque plusieurs commandos qui aussitôt foncent en direction du Toyota dans lequel les femmes tentent de sauter. Ils sécurisent le 4X4 et ordonne à toutes les femmes de se disperser

le plus rapidement pour échapper à la sauvagerie des djihadistes terroristes.
C'est alors que des frappes aériennes détruisent entièrement le convoi.
La concordance des frappes n'a laissé aucune chance aux deux chars ni aux Toyota.
Un nuage de poussière se forme immédiatement faisant écran, offrant ainsi aux commandos une progression vers la cible en toute invisibilité et d'une relative sécurité.
L'arrivée sur les lieux révèle que l'opération aérienne est réussie.
Un périmètre de sécurité est mis en place avant de récupérer toutes les femmes dispersées.
Les soldats du commando peinent à les rassembler, tellement est grande leur frayeur.
Les hélicoptères peuvent se poser en toute sécurité et procéder à l'embarquement de celles-ci.

L'officier fait le point de la situation.

Le bilan est positif, seules deux femmes sont légèrement blessées par les déflagrations des tirs sur les chars et les autres Toyota, qui furent entièrement détruits.
Quant aux djihadistes occupant les Toyota, la surprise fut telle, qu'aucun n'échappa à la précision des tirs des drones et des frappes aériennes.

La femme au turban est sauve mais elle est en état de choc, elle tremble de tous ses membres, son regard est fixe, elle ne parle pas.

Elles sont toutes réunies en cercle autour du médecin et du psychologue qui les soignent les rassurent sous la protection des hommes du commando qui rassemblent le maximum d'armes et de documents, téléphones laissés par les djihadistes tués.
La zone d'intervention n'est qu'un camp de débris de matériels, d'engins et de corps déchiquetés et calcinés.
« Le nettoyage effectué » les prisonnières prennent place dans les hélicos ainsi que l'ensemble du commando qui décollent en direction de la base avancée.

L'officier de liaison confirme par radio l'entière réussite de l'opération « Raijin »

◆

Chapitre XLVII

◆

Le colonel invite le commandant à le suivre dans son bureau

◆

Commandant, je suis vraiment navré de vous avoir donné cet ordre, c'est une première pour moi et il m'affecte énormément.
Nous allons vous et moi consulter un psychologue ainsi que votre copilote.
Le meurtre que je vous ai ordonné est douloureux pour nous trois.
Je ne veux pas que nous nous quittions de cette manière, nous sommes des soldats respectueux des ordres, des conventions internationales.
Nous vivons une guerre nouvelle à laquelle nous n'avons pas été préparés.
J'espère que votre conscience professionnelle et personnelle me pardonnera.
Comme vous je vis et vivrai ce cauchemar.
Je ne veux pas que nous finissions comme certains de nos collègues qui, faute de surmonter une telle épreuve ont voulu l'oublier en s'enivrant à las Vegas. Ils n'ont toujours pas retrouvé le moral et vivent une telle culpabilité que nous les voyons sombrer dans une dépression tragique.

C'est regrettable pour eux et dommageable pour l'U.S. Air Force.
Ils sont dans un état de fatigue physique et psychique extrême que le commandement a jugé indispensable de confier désormais chaque pilote de drone à un psychologue. Ce sentiment d'anéantissement est gravissime pour notre métier. Il se propage dans nos rangs et démoralise les meilleurs parmi nous. C'est un cancer qui détruit nos équipages, nous ne pouvons pas le laisser nous anéantir ; nous devons réagir, ce combat est sournois. Il n'obéit à aucune règle, à aucune stratégie de pilotage.
Les images désastreuses que nous avons visionnées s'effaceront-elles avec le temps ? Nous n'avons pas de recul, ni d'expériences en ce domaine.
Le corps médical expérimente l'usage de psychotropes. Le danger de ce protocole est sa toxicité qui provoque des effets néfastes et mauvais pour la santé. Le corps médical est devant un dilemme et cherche le moyen d'en sortir. Quoique parler d'un dilemme est un euphémisme ; il doit impérativement trouver une parade et seul l'usage de psychotropes offrira un champ d'expériences.
Nous allons être des cobayes ; le petit nombre que nous représentons n'est pas un échantillon significatif pour la science, cependant nous devons participer dans l'intérêt général.
Nous mettons tous nos espoirs dans le savoir et les découvertes de la science.
Les pionniers de l'aviation ont ouvert des voies, nous devons nous imprégner de leur

courage et montrer à nos frères d'armes que nous en sommes les dignes héritiers.
Colonel,
Avec votre permission, je voudrais vous remercier de cette particulière compassion et de cette fraternité qui demeure chez les pilotes de chasse dont nous sommes issus tous les deux.
Je ne connais pas particulièrement les qualités humaines des Américains.
Il me semble opportun de vous éclairer sur celles des Berbères.
Nous appartenons depuis des siècles à notre village qui est notre véritable unité. C'est la femme Kabyle qui enfantait encore debout qui a su échapper à la coutume et à son annihilation qui transmet les valeurs du mâle.
Le mâle possède en général les qualités de courage, d'amour du travail, du sens aigu de l'honneur, d'esprit de sacrifice à la famille.
L'âme berbère c'est la fierté, la considération, la solidarité de sang, les coutumes et la noblesse.
Nous avons de très belles expressions sur l'honneur, telles que :
        « Le deuil de son honneur »
        « Voleur de biens, voleur d'honneur »

    Colonel, comment ferais-je le deuil de mon honneur après cette mission

        Le téléphone sonne

Le colonel écoute avec attention, son visage sourit, ses yeux sont joyeux.
Il remercie et met fin à la communication.

Commandant vous avez remarqué mon changement d'attitude n'est-ce-pas ?

Oui colonel, m'annoncerez-vous une bonne nouvelle ?
Oh oui commandant, excellente même !

L'opération « Raijin » est un plein succès, nous ne dénombrons que deux blessés légers. L'ennemi a été complètement anéanti, des armes, du matériel et des documents récupérés.
La zone est sécurisée et le commando rejoint la base avancée par hélicos.

Devinez commandant la suite…

Ma sœur ?

Elle est saine et sauve, mais en état de choc, on le serait à moins.

Le commandant est interdit, cette nouvelle le surprend tellement ; il croyait à sa disparition.
Il se tourne vers l'Est, s'agenouille et remercie Allah pour sa protection, sa bénédiction.
　　Il reste ainsi humble devant le Créateur.

Le colonel le ramène à la situation et lui manifeste toute son amitié.

Les deux officiers rejoignent le copilote qui apprend avec une réelle joie cette bonne nouvelle.

Le colonel particulièrement soulagé, invite ses deux officiers ce soir à Las Vegas

◆

Chapitre XLVIII

♦

Quand la stratégie dynamique chez Salmane dépend de son degré d'activité.

♦

L'instinct de conservation n'est-il pas celui qui pousse un être vivant à lutter pour son existence quand elle est menacée ?
*
Ce postulat posé, Salmane voulant se conserver, dissimula t'il à peine à Najem ses véritables intentions !
Il ne peut plus vivre en amitié avec Najem dés lors que son existence est menacée :

Sil la perd, il perd tout ce qu'il possède.

Dans cette situation, il ne saurait laisser rogner ses droits et son statut, aussi ne lui reste-t'il plus dans son propre intérêt, d'autre choix que de refuser la vie en communauté et de mener une guerre permanente contre ceux qui entravent ses activités.
Il n'est nulle question de concéder un statut inférieur dans le réseau, en relativisant son mérite personnel.
Il s'agit pour lui de l'instinct de conservation qui est un concept dynamique mû par un désir inquiet d'acquérir puissances après puissances.
C'est de cette seule façon qu'il s'assurera de bien conserver son être et ses biens.

Il est dans une telle situation qu'il considère la situation à travers ses seuls états de conscience.
Il n'y a d'autres solutions que celles qui accroitront sa puissance

◆

Dans le quartier des Lauriers, un règlement de comptes, lié à une tentative de reprise du trafic fut selon la préfecture de police, un triple homicide[33].

Contre « le crime organisé » le gouvernement et le ministre de l'Intérieur dénoncent

« Des actes de violences inacceptables »

L'une des victimes, un majeur de 24 ans, était connue des services de police mais les deux mineurs étaient « peu connus ». Toutefois l'un d'eux avait été poursuivi pour vol à main armée.
Dans cette cité sensible des quartiers défavorisés du nord de la ville, un réseau de drogue avait été démantelé dans l'immeuble par l'arrestation d'une vingtaine de personnes, où les jeunes gens ont été tués.

◆

---
[33] Source Le Progrès du 26 octobre 2015

Chapitre XLIX

♦

Dalil reprend l'entrainement à l'O.M

♦

Bonjour Dalil
Content de te retrouver, l'es-tu toi aussi ?
Oui Mr Boli[34]

J'ai eu un long entretien avec ton coach médical. Il t'a à la bonne - Tu es chanceux !

Oui Mr Boli

Nous allons reprendre tes séances d'entrainement ; j'ai étudié tes points faibles, mais le sont-ils vraiment ?

Selon mes observations, nous allons reprendre :

L'EXERCICE 3 : [35] qui développe des qualités de jeu balle aux pieds et jeu de tête.

---

[34] Footballeur professionnel, il est nommé coordinateur sportif aux côtés de l'entraîneur intérimaire, Franck Passi à l'olympique de Marseille.
[35] Source http://www.footballpourtous.com/choix_exercices.htm

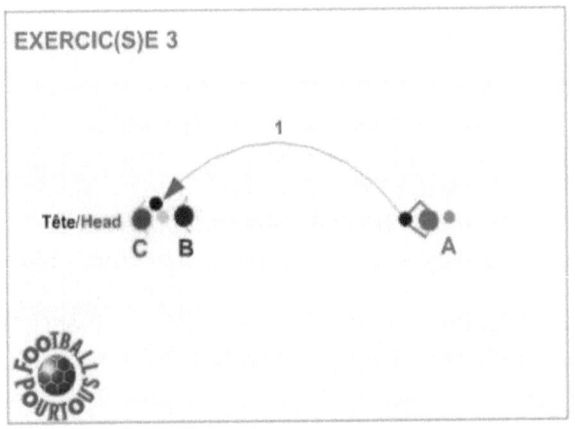

1 ballon pour 3 joueurs, 14 coupelles.

Placer un joueur avec un ballon au plot A.

Placer 2 joueurs sans ballon au plot B.

La distance de travail est de 4 ou 5 m maxi.

Dans l'exercice représenté ci-dessus c'est le joueur rouge (C) qui travaille pendant 1 minute.

Le joueur C sautille derrière le joueur B (Celui-ci ne bouge pas).

Le joueur A lance le ballon à la main au-dessus de la tête du joueur B, le joueur C renvoie la balle de la tête au joueur A.

Pour que cet exercice soit correctement exécuté, il faut que :

- Que le joueur C réalise environ une vingtaine de têtes pendant une minute.
- Que le joueur C se positionne à un demi-mètre maximum du joueur B.
- Que le joueur C remette (de la tête bien sûr !) la balle le plus bas possible au joueur A (à ses pieds si possible) ; son coup de tête doit être énergique. Les joueurs passent aux postes A, B et C, pendant 1 mn. Ils réalisent 2 rotations.

Si tu suis ces conseils, cet exercice est très exigeant physiquement.

Avec 2 copains, vous allez à tour de rôle vous positionner en A – B et C

Lorsque vous serez au top, vous passerez à :
L'exercice passe n° 6 – Passe et contre-passe

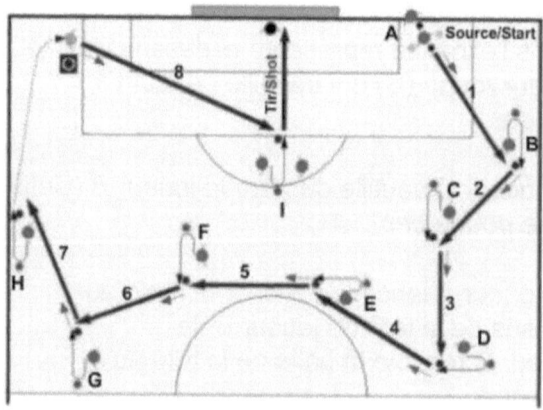

Description :

Placer à chaque poste une coupelle bleue et une coupelle rouge espacées d'environ 3 m.
Respecter la position des coupelles (la coupelle rouge est une indication pour le joueur).
Celui-ci doit réaliser un « appel et un contre-appel » avant de recevoir la balle au pot bleu.
A chaque poste, le joueur se situe au milieu des coupelles.
Placer 1 joueur sans ballon au poste B C D E G H.
Placer 2 joueurs sans ballon au poste I et le reste des joueurs avec un ballon chacun au plot A.
C'est le joueur B qui déclenche le départ de l'exercice.
En effet, c'est ce qu'on appelle un « appel- contre-appel ».
Il se déplace au plot rouge avant de recevoir la balle du joueur A (passe au plot bleu).
Le joueur A se positionne au poste B.
Le joueur C réalise le même mouvement, la difficulté pour lui est de partir au bon moment pour recevoir la balle du joueur B (passe 2) au plot bleu dans le bon tempo.
Le joueur B se positionne au poste C et ainsi de suite jusqu'au poste H.
Le joueur H effectue son contre-appel, reçoit la balle du joueur G (passe 7) au pot bleu.

Il part en conduite de balle et centre (passe8) après le cône (du pied gauche dans l'exemple) pour le joueur I qui tire.
Le joueur H se positionne au poste I.
Le joueur I récupère sa balle et se positionne au plot A.

Faites ces exercices avec obstination jusqu'à ce que cela devienne un automatisme ; Je sais que c'est difficile, mais lors d'un match, cela déroutera vos adversaires.

Vous avez 2 heures pour acquérir ces automatismes.

◆

Dalil tu es demandé au bureau
Bonjour Dalil je t'ai demandé de venir avant la fin de cet entrainement parce que nous avons à t'entretenir d'une mission particulière que ton coach médical t'a concocté.
Naturellement nous ne vous la proposerons que si vous êtes suffisamment informés et que votre adhésion à celle-ci soit pleine et entière. Elle comporte certes des risques majeurs malgré une protection particulièrement rapprochée, mais nous savons tous que le risque zéro n'existe pas.
C'est donc un pacte de confiance entre ton coach médical et vous ; nous vous apporterons, quant à nous toute l'aide logistique que nous pourrons.

Je te laisse en entretien particulier avec le médecin dans ce bureau.
Personne ne viendra vous interrompre.

♦

Bonjour Dalil
Bonjour docteur, je vois que ton visage est soucieux – t'as une mauvaise nouvelle docteur ?

Dalil, je ne pensais pas venir si vite, tu as raison, ma venue est particulièrement désagréable, je te demande d'être fort.
Docteur, tu tournes autour du pot – parle, je serai fort !
Dalil, lorsque tu as reçu un appel de détresse de ta sœur Layla, elle était en grand danger. Nous avions pris des dispositions pour la sauver, la part de chance que nous avions était très mince.
Elle est morte docteur ?
Selon nos nouvelles, elle fut considérée comme disparue, du moins c'est ce que voyions à l'écran.
Comment tu peux voir de si loin ?
Tu sais les services spéciaux ont des technologies pour cela, nous en parlerons plus tard.
Comme elle n'est pas disparue, où est-elle ?
Dalil, elle est en lieu sûr, mais elle est particulièrement choquée, les évènements qu'elle a vécus l'ont traumatisée et nos services médicaux en Syrie sont si performants.
J'espère qu'elle s'en sortira.

T'en es pas sûr docteur ?
Je mentirai si je te l'affirmais ; la médecine fait des progrès, mais le moral des patients joue un rôle tout aussi considérable !
Nous pensons que pour l'aider dans cette épreuve, ton concours nous est indispensable. Mais il y a un mais !
C'est du chantage docteur – tu profites de ma situation.
Non Dalil, ce n'est pas ma manière de fonctionner, mais je ne suis pas seul à décider !
Les services spéciaux ne sont pas des philanthropes, ce sont des soldats qui recherchent l'efficacité pour réussir.
C'est quoi des philanthropes ?
Bonne question Dalil, la philanthropie c'est le sentiment qui pousse les hommes à venir en aide aux autres.
Je comprends pas, tu me dis qu'ils sont pas des philanthropes, alors que leur philosophie dit le contraire.
Tu as bien saisi la nuance, ma phrase voulait simplement dire qu'étant des soldats, ce n'est pas leur mission première, ils agissent de façon désintéressée, tandis que toi, ton intérêt est tout à fait différent.
Docteur t'es trop savant pour moi ! Tu parles comme un dictionnaire.
Dalil cela s'appelle du vocabulaire, si tu lis tu apprendras des mots nouveaux, ou si tu choisis des copains lettrés, ils parleront comme moi !
Mais docteur je suis berbère et footballeur !
Tu connais un jeune Lycéen, Allan je crois – voilà une bonne fréquentation !

Je voudrais bien mais il n'osera plus me voir depuis qu'il a refusé de m'aider.
Je l'ai déjà vu ; nous avons beaucoup parlé ses parents, lui et moi.
Tu penses à tout docteur, mais tu ne me dis pas quel est le mais…
Comment veux-tu que je suive mon fil conducteur, tu m'interromps tout le temps !
J'ai compris docteur, je te laisserai suivre ta pensée…
Bravo Dalil, tu progresses vite.
Donc, arrivons-en au sujet principal.
C'est-à-dire à ta participation pour aider ta sœur à retrouver le goût de la vie !
Comment tu peux douter docteur ? Je ferai tout pour sauver ma sœur !
Tu parles trop vite, il y encore un mais !
Et celui-là doit impérativement recevoir ton accord éclairé ; ce qui veut dire en langage clair que tu te décideras que lorsque tu auras bien compris tout ce qui te sera commandé. Tu deviens un soldat dont la qualité première est l'obéissance entière est sans discussion.
Alors mon devoir est de t'éclairer sur les risques que tu encourras si tu acceptes.
Je t'avais parlé d'appât, t'en souviens-tu ? Tu seras le gros poisson que nous voulons qu'ils prennent dans leur filet !
Comprends-tu les services spéciaux ne travaillent pas gratuitement, ils prennent des risques mesurés et en échange, ils veulent que tu les aides, c'est l'appât !
Je t'ai dit docteur que je donnerai ma vie pour ma sœur ; mes parents et mes frères pleureraient ma mort mais l'honneur de la famille serait sauf.

C'est la tradition chez les Berbères !
Je mesure ta détermination, je peux maintenant t'inviter à me suivre, tu rencontreras mon chef qui t'expliquera ta mission, mais avant de partir, je dois te dire qu'à partir de cet instant tu ne peux plus reculer, tu ne pourras plus communiquer avec ta famille, tes amis, ton coach…
Tu disparais pour tout le monde…
Si tu sors vivant de cette mission, tu ne pourras pas justifier ton absence, c'est le Secret-défense.
C'est un engagement ferme et définitif
Oui chef
Bravo soldat tu fais partie de la maison, mais tu ne me connais plus !
                        Oui chef.

◆

Chapitre L.

◆

Le Roi du Maroc appelle Hamed

◆

Le Roi : salamalikoum

Hamed : alikoum salam Majesté

Nous avons l'immense plaisir de vous annoncer personnellement une nouvelle qui réjouit nos cœurs.
Le commandant Naouri a parfaitement réussi sa mission, nous en sommes honorés. Les honneurs lui seront donnés sur la base de Ben Guerir à son retour et nous vous prions de vouloir bien honorer de votre présence cette cérémonie que nous présiderons.
Le commandant Naouri sera promu au grade de Lieutenant-colonel – Soyez fiers de votre fils, c'est un fidèle que nous affectionnons comme vous qui venez de vivre des moments douloureux.
Aujourd'hui, nous avons le grand plaisir de vous informer que votre petite Layla est saine et sauve.
Nous mettrons un avion pour vous la ramener.

Choukrane Majesté – Choukrane Majesté.
Llah yarham oualidik Majesté[36]

Choukrane Majesté –
Biss'lama Majesté
Tabaraka Allah[37]
:

◆

Fatine, Hamou, le Roi Mohamed VI vient de m'informer que Layla est vivante.
Vivante vous entendez.

Allah ta'âla[38]

Et en plus Naouri revient de mission, le Roi est si content de lui qu'il le nomme Lieutenant-colonel et que nous sommes invités à une belle cérémonie militaire sur la base.
Quel honneur pour notre famille

◆

---

[36] Merci Majesté - Que Dieu bénisse vos ancêtres Majesté
[37] Soyez béni par Allah
[38] Dieu loué soit-Il,

Chapitre LI

◆

Dalil fait connaissance avec les services secrets marocains

◆

« Ayez des espions partout, soyez instruit de tout, ne négligez rien de ce que vous pourrez apprendre...Une armée sans agent secret est un homme sans yeux ni oreilles »

Sun Tse – Stratège chinois (100ans avant J.C)

Dalil sois le bienvenu parmi nous – Maintenant que tu as pénétré chez nous le secret doit être absolument gardé.
Tu connais la réputation du Makhzen, tu sais que le Makhzen est sous l'autorité directe de sa Majesté Mohamed VI, roi du Maroc. Nous regroupons des « gens de plume », issus des grandes familles. Ta famille sera doublement honorée : par ton frère le commandant et par toi si ta participation se révèle à la hauteur de nos espérances.
Tu reconnais accepter de participer activement et librement à certaines de nos activités.
Nous savons que tu as de bonnes raisons, notamment la détresse de ta sœur Layla qui a beaucoup souffert en Syrie. Son compagnon

qui l'avait trahie a été tué dans un assaut des Forces Spéciales Françaises avec qui, nous travaillons en parfaite harmonie.
Ton coach médical t'a dit que tu serais un appât important parce que nous voulons mettre fin à une filière de narcotrafiquants qui prend sa source au Mexique et qui veut s'implanter chez nous…Ils forment un cartel particulièrement dangereux, ils ont des yeux et des oreilles partout.
Tu devras te méfier de tout le monde, c'est ainsi que l'on survit dans nos différentes activités, toutes secrètes bien entendu !
Parfois, nos services secrets sont obligés de faire le double jeu !
Etrange n'est-ce-pas, car nous risquons de perdre notre crédibilité et de froisser nos amis européens !
C'est parce que nous avons fermé les yeux sur le départ de milliers de jeunes marocains en Syrie avec l'arrière pensée de manipuler certains d'entr'eux que nous sommes obligés de montrer patte blanche envers nos amis européens. Il faut que tu saches que le régime syrien comme le défunt régime libyen de Kadhafi sont hostiles.
   C'est de la politique nous, nous sommes dans l'action.

Pourquoi ce double jeu ?
D'abord, nous ne sommes pas les seuls !
Notre motif est la résultante que notre roi a remis la gouvernance interne aux islamistes du PJD[39] dont les liens avec les pétromonarchies

---

[39] Parti de la Justice et du Développement.

du Golfe qui interviennent en Syrie ne sont un secret pour personne, c'est pour cette raison que nous encourageons en sous-main le départ de jeunes djihadistes. Mais depuis que les puissances occidentales décidèrent la fin de l'Etat Islamique, tout le monde, y compris le Maroc cherche à coopérer dans la lutte antiterroriste.
Nous avons quelques cartes à jouer grâce au quadrillage policier de nos communautés installées en Europe, ainsi qu'aux milliers de recrues au sein de l'E.I.

♦

Depuis que notre Monarque a choisi de développer le Rif afin d'atténuer l'enclavement et le déficit d'infrastructures routières des montagnes rifaines, nous pensons que ce désenclavement de la région améliorera les conditions de vie de la population. Il valorisera les différents atouts naturels et économiques dont dispose cette région.
Le projet de rocade méditerranéenne atténuera les déséquilibres territoriaux et offrira un déplacement progressif des populations vers la côte. Elle développera les ressources endogènes de la zone et facilitera l'accès à plusieurs centres administratifs. Elle reliera les provinces de Tanger, Tétouan, Chefchaouen, Al Hoceima, Nador et Berkane, ainsi qu'une quarantaine de communes.
Elle enrayera l'isolement et la marginalisation dont souffre le Rif.
Ce projet est soutenu par des bailleurs internationaux et surtout par l'Union

Européenne. Il est surtout dicté par le souhait de contrôler le littoral pour lutter contre l'immigration clandestine et les trafics de drogue.

Ce projet s'inscrit géopolitiquement à l'échelle du bassin méditerranéen.

Le partenariat euro-méditerranéen présente le Rif comme une double menace pour l'Union européenne :
>Primo, parce que le haschisch marocain importé en Europe provient de ce massif ;
>Secundo, parce que les montagnes rifaines sont pauvres et densément peuplées.

La rocade devient alors un moyen de maîtriser la frontière entre l'Europe et l'Afrique. Elle servira de vitrine du partenariat euro-méditerranéen, ainsi que des efforts du Maroc en matière :
>D'équipement,
>De lutte contre la pauvreté et contre le

trafic de drogue.

Le royaume devient ainsi un solide allié de l'Union européenne

Pour ta mission, nous allons t'expliquer les raisons pour lesquelles la ville de Tétouan est notre préoccupation momentanément.
Elle nous handicape dans notre politique de recrutement des enquêteurs et traducteurs, par les seules langues parlées, à savoir l'arabe et l'espagnol.

C'est de plus une ville fermée qui n'est ouverte sur le Maroc que depuis l'arrivée au trône de Mohamed VI.

♦

La population est réellement repliée sur elle-même. Elle a des préjugés par rapport aux Européens. Elle est, comme beaucoup, désinformée et ne coopère pas facilement.
Les Tétouanais "ouverts" existent bien sûr, mais ils travaillent souvent à des postes importants ou à l'extérieur (dans les autres villes marocaines ou en Espagne).

Ils ne sont donc pas disponibles pour faire des enquêtes.

Les enquêtes à l'intérieur des quartiers impliquent une dépendance mutuelle entre les enquêteurs et les traducteurs.
Nous avons l'ardente obligation de constituer et de mobiliser un réseau d'informateurs connaissant parfaitement les lieux.
Nous les avons recrutés parmi les anciens habitants le quartier, parmi des imams connaissant les chefs de ménage, des jeunes qui apprécient notre démarche et des chefs de chantier qui surveillent les travaux.
Grâce à leurs compétences et à leur méthodologie, nous avons acquis une fine connaissance des quartiers.
C'est ainsi que nous avons une idée plus précise sur leurs modes de vie, leurs usages des bornes-fontaines et des transports.

Nous avons inventorié les représentations des habitants.
Nous avons étudié des rapports sur les Marocains qui rejoignaient les djihadistes qui combattent en Irak et en Syrie.
Sur un échantillon de 30 personnes parmi lesquelles figuraient deux femmes, nous avons appris les raisons et les facteurs qui les avaient poussés à rejoindre ces zones de conflit.
Les principaux facteurs n'étaient pas d'ordre religieux, ils étaient, selon l'Observatoire des droits de l'homme (ONERDH), en quête de :

« Gloire et d'aventure »

Ce n'est qu'en seconde position, que les facteurs religieux (Djihad et soutien aux personnes subissant le conflit) figurent dans les préoccupations des marocains.
Enfin, viennent en dernier, ceux qui voulaient améliorer leurs conditions matérielles.
Enfin, 90% des sondés affirmaient avoir rallié les deux pays à partir de l'aéroport Mohammed V via la Turquie.

*

Au sein de Daech, ils vécurent des conditions de vie déplorables, des atrocités commises contre les populations et une corruption au sein de l'encadrement qui les incitèrent à fuir.
Ils désertèrent et de retour au Maroc, ils sollicitèrent d'être recrutés pour combattre Daech et ses réseaux de recrutement.

L'ICSR[40] concluait que ce phénomène de désertion gagnait en importance et que se serait le talon d'Achille de Daech, qui le mènerait à sa perte.

Il appela les gouvernements à

"Reconnaître la valeur et la crédibilité des témoignages de ces déserteurs de daech et même à leur assurer la sécurité".

◆

Ces 200 ex-combattants proposèrent de mener campagne pour,

"Contribuer à faire prendre conscience aux jeunes, des dangers de daech et de ses argumentaires mensongers de recrutement".

Ils adjurèrent l'Etat, en échange de leurs services, à les libérer et à leur rendre leurs droits citoyens ainsi qu'à cesser d'arrêter les djihadistes qui rentrent au Maroc pour encourager les autres à rentrer :

"Ce sera la meilleur façon d'affaiblir daech, en le dépossédant de ses combattants marocains".

---

[40] International Corporate Social Responsibility

A l'échelle nationale, le Makhzen contrôle le Rif de plusieurs manières.

*

Nous avons été alertés qu'un réseau de corruption à Tétouan frappe les différents corps de l'Etat.
Certains aveux de narcotrafiquants nous ouvrent des pistes qui déboucheraient sur des inculpations de notables de la Région.
Nous avons besoin « d'appâts » qui ne sont pas connus des autorités locales afin que les corrompus tombent dans nos filets.
Tu seras l'un d'eux !
Le danger sera permanent ; ces gens sont des criminels que nous surveillons mais nous devons les prendre sur le fait.
Les gangs de narcotrafiquants changent avec le temps et sont substituables avec les circonstances.
Nous allons profiter de l'une d'elles pour t'infiltrer dans leur réseau.
Ainsi pourras-tu nous confirmer le nom du baron de la drogue que nous soupçonnons fortement.
Nous attachons un intérêt particulier à connaître leur organisation et l'identité des hommes permanents et ceux qui temporairement en font partie.

*

Nous allons t'initier à différentes techniques, à leur langage, ainsi qu'à la connaissance du milieu.

*

Tout d'abord, nous soupçonnons fortement un Français de Marseille qui remonterait du cannabis via l'Espagne et l'écoulerait en France. Il se serait constitué un réseau de Français qui possèderaient des comptes en Suisse et serviraient de prête-nom.
L'argent serait ensuite collecté à Genève par un marocain qui se chargerait de payer les passeurs espagnols de drogue et à blanchir les sommes restantes, via des comptes bancaires suisses et des entreprises écrans. Des patrons régionaux de Tétouan seraient également impliqués.

*

Dalil, toutes les informations qui t'étaient utiles de connaître pour te confier ta mission sont terminées.
As-tu des questions qui te préoccupent ?

Oui, commandant
Je constate que tu connais les grades.

Bien sûr c'est le même que celui de mon grand frère le pilote.
Je ne connais toujours pas l'objet de ma mission ?

Bonne question, la douane bien sûr c'est le passage obligé pour commencer cette mission. Ton bureau sera placé de telle sorte que tu verras les passagers arrivaient d'assez loin pour commencer leur identification.

Nos douaniers les « sélectionnent dés le début ; ils dirigeront vers toi, celles et ceux qui présentent certains signes suspects.
Les bagages, leur comportement, leur vêtement …
Ils sont ainsi canalisés et ne peuvent changer de direction.
Ils t'informent en direct de ce qui leur paraît étrange.
Ton rôle consistera à vérifier leur identité, des fiches de suspects et de recherches d'individus sont à ta disposition.
Lorsqu'ils arrivent à ton guichet, ils ne peuvent pas voir les documents que tu consultes.
Tu prends le temps nécessaire pour la vérification.
Si une personne correspond à quelques indicateurs d'alerte, tu appuieras sur ce bouton qui déclenchera immédiatement son passage dans un bureau à l'écart de la colonne.
As-tu compris ?
Oui commandant.

Bonne chasse Dalil !

◆

.

.

Chapitre LII

◆

Cérémonie militaire pour le retour du commandant Naouri

◆

La base aérienne de Ben Guerir est en effervescence, sa Majesté Mohamed VI préside la cérémonie militaire qui rassemble tout le personnel militaire pour célébrer le retour du commandant Naouri de retour d'une mission particulière qui, selon les déclarations officielles, donnera de nouvelles perspectives aux Forces Aériennes Marocaines.
Une tribune a été installée proche de la piste d'envol pour accueillir sa Majesté royale, sa famille, les généraux ainsi que les officiers supérieurs commandant certaines unités opérationnelles qui ne participent pas au défilé.

Très proche des officiels et de sa Majesté, la famille du commandant Naouri, en vêtement traditionnel amazigh occupe la rangée derrière celle du roi.

◆

Layla est présente mais son attitude montre toute la souffrance qu'elle a vécue. Son regard est si atone que cette fête donnée en l'honneur de son frère aîné la laisse de marbre.

Tous les militaires des escadrons défilent au sol et passent devant la tribune officielle précédés de la musique.
Une formation aérienne de F.16 survole à basse altitude les troupes au sol.
Sa Majesté et l'Etat-major rendent les honneurs.
Sa Majesté descend et se fait présenter chaque escadron.
Il les passe en revue, félicite chaque commandant pour la qualité du défilé aérien et au sol.

Il s'arrête devant une section d'officiers supérieurs parmi laquelle le commandant Naouri et prononce quelques paroles à chacun d'eux.

Il s'installe devant un pupitre doté d'un micro relié à une sono et prononce un discours élogieux à l'égard de l'ensemble du personnel de la base.

Il exhorte les officiers, sous-officiers et soldats à suivre l'exemple du commandant Naouri qui valorise les ailes marocaines et suscitent parmi les jeunes des vocations.

Il félicite le colonel commandant la base aérienne pour la magnifique prestation qu'il vient de regarder avec beaucoup de satisfaction.

Il invite le commandant Naouri à sortir des rangs et à s'avancer.

Il lui renouvelle ses sincères félicitations et informe l'ensemble du personnel de la base, qu'il a reçu les éloges du Président des Etats-Unis d'Amérique concernant l'exécution parfaite de la mission particulière du commandant Naouri.

Pour récompenser les qualités militaires et professionnelles ainsi que la manière de servir du Commandant Naouri, il le nomme avec effet immédiat au grade Lieutenant-colonel.

Il clôt la cérémonie et invite tous les participants à le rejoindre dans un hangar pour le pot de l'amitié.

♦

LIII . Quand Dalil découvre la supercherie...

◆

Le vol en provenance de Marseille est annoncé, le personnel de piste s'affaire autour des deux passerelles qui seront disposées devant chaque porte de sortie de l'Airbus 320.
Les bagagistes disposent les chariots à bagage pendant que le véhicule des pompiers est en alerte.

L'airbus entame sa descente dans l'axe de la piste « train et volets sortis ».
L'atterrissage s'effectue correctement, l'avion roule en direction de son aire de stationnement.
Un mécanicien de piste le dirige jusqu'à la bonne position et lui indique qu'il peut couper les gaz.
Les portes avant et arrière s'ouvrent permettant ainsi aux deux passerelles de se positionner.
Le débarquement commence, les voyageurs se dirigent vers la navette qui les transportera jusqu'au hall d'arrivée.
Les passagers se positionnent autour du tapis à bagages, puis se dirigent vers la douane.
Dalil est à son poste et voit nettement les douaniers qui sélectionnent certains passagers vers son poste.

Il commence la vérification des papiers d'identité en s'assurant que la personne devant lui n'est pas recherchée.
La file d'attente est assez longue ce qui laisse à Dalil, le temps préalable d'observation pour scruter attentivement les personnes.
Effectivement, une certaine gêne se dégage ; certaines personnes semblent aux aguets…
Dalil aperçoit un Européen qui semble particulièrement énervé, son attitude laisse penser qu'il n'est pas tranquille de voir un tel dispositif mis en place pour ce débarquement.
Arrivé à la hauteur du guichet, il donne un passeport qui présente plusieurs pages tamponnées.
Dalil est en alerte, ce passager est un habitué des transports ; alors pourquoi cette appréhension ?
Il revient sur l'Etat-civil et constate que le nom (Calaman) lui est familier…
C'est celui de son ami Lycéen de Marseille.
Il comprend alors que la personne devant lui, n'est pas la bonne, car il connaît le visage du père d'Allan qui est inspecteur de police.
Aucune ressemblance, alors il conserve le passeport et appuie sur le bouton d'appel.
Aussitôt l'homme est cerné, puis est invité à suivre les douaniers dans un bureau à l'écart.
Dalil est remplacé puis il lui est demandé de participer à l'interrogatoire.

La supercherie est si évidente que l'homme avoue que c'est un faux passeport ; il refuse d'en dire plus ce qui a pour effet immédiat de le transférer.

Il est alors pris en charge par les hommes des services spéciaux du Makhzen.

Dalil en conclut que c'est un gros, peut-être un très gros poisson…

♦

L'homme, la quarantaine, cheveux châtains foncés, yeux marrons garde une attitude réservée, ses réponses sont volontairement tronquées.
Le commandant le sait et invite Dalil à le questionner :

Bonjour Monsieur,

Vous arrivez de Marseille avec une identité qui n'est pas la vôtre !
Quel est votre nom S.V.P ?

L'homme garde le silence mais sent que sa supercherie est découverte.

Dalil reprend l'interrogatoire :

Comment vous êtes vous procuré ce passeport, qui a beaucoup voyagé…
Les pays d'Amérique du Sud, le Mexique et le Maroc…
C'est d'autant plus étrange que le propriétaire de ce passeport est connu de nos services…
Expliquez nous comment les services aux frontières ne vous ont-elles pas arrêté ?
C'est étrange !

L'homme esquisse un sourire qui n'échappe pas au commandant.

Le commandant intervient :
Ce sourire signifie t'il que vous pensez être protégé de certaines autorités marocaines qui ne vont pas tarder à se manifester…
Nous l'espérons pour vous et pour nous ; nous apprécions beaucoup les personnes sous leur véritable identité…
Quelle est la vôtre Monsieur… de Marseille…
Veuillez apposer vos indexes gauche et droit sur le tampon encreur et les poser ensuite à cet endroit de la feuille.
Vos empreintes digitales parleront peut-être, elles !
Si ce n'est pas le cas ; je vous invite à nous dire votre identité et le motif pour lequel vous voyagez au Maroc sous un nom qui n'est pas le vôtre.
Vous pensez qu'en gardant le silence, vos amis auront ainsi le temps d'intervenir pour vous offrir la liberté que vous aimez tant vous autres français.
Ce sera une mission impossible pour vos amis qui doivent commencer à trouver cet interrogatoire malsain pour vous et pour ceux ou celles qui vous attendaient dans l'aéroport.
Nos caméras de surveillance les filment, ainsi verrons-nous, à nos écrans, leurs visages inquiets, les preuves de leur appréhension et de leur incertitude.
Nos enregistrements sont stockés en lieu sûr, il suffira que nous recherchions ces mêmes visages qui nous révèleront d'autres visages…

Peut-être y verrons-nous le vôtre en bonne compagnie.
Ah monsieur ! La technologie quelle aubaine pour nous n'est ce pas !
Je constate que vous ne souriez plus !
Vos yeux expriment tout à coup de l'inquiétude !

Vous craignez que vos amis ne vous abandonnent à votre triste sort !

Comprenez-vous votre intérêt maintenant ?
Nous n'aimons pas attendre…
L'efficacité est notre motivation première.

Nous allons vous la démontrer en vous transférant sous bonne escorte dans un lieu si secret que même vos amis en ignorent même l'existence.

Ah monsieur !, vous aurez le temps pendant ce transfert de méditer cette citation de Voltaire :

> « *L'homme est né pour vivre dans les convulsions de l'inquiétude ou dans la léthargie de l'ennui.* »

♦

EPILOGUE

♦

Le scandale du trafic de drogue qui éclata récemment à Tétouan au Maroc démontra que la corruption est une entreprise d'hommes, connue sous le nom de cartel.
Ce consortium international se moque bien de l'état de santé, seul compte le profit dégagé par leurs activités illicites et néfastes.

L'arrestation d'un européen à l'aéroport de Tétouan mit fin provisoirement à une corruption qui marqua les différents corps de l'Etat, qui font trembler certains anciens grands responsables de l'Etat.

Selon des sources judiciaires qui laissent entendre que le rôle de certaines personnalités de Rabat est encore loin d'être élucidé.
L'inculpation des autorités émanant de l'Intérieur signifie que le trafic de drogue fut dirigé de l'Intérieur pendant de longues années en plaçant à des postes à haute responsabilité dans la sûreté nationale, la gendarmerie, la douane de M'diq et la marine royale.
Déjà plus de soixante fonctionnaires de l'Etat ont été traduits devant la justice marocaine. La liste n'est pas close, elle risque de s'allonger.
L'enquête découvrit une structure mafieuse dont les partenaires du cartel autorisaient les narcotrafiquants marocains à dresser les quotas de chaque partenaire et en organisaient les sorties.

Le fonctionnement méthodique des postes-clés était confié à des hommes de main qui « vendaient la route » aux trafiquants.
Le chef de la sûreté nationale était avec les énigmatiques hommes de Rabat, le plus important. Il coordonnait avec les gendarmes, les douaniers et son service interne, les dates de sortie des cargaisons. Il facilitait ainsi leur acheminement en toute tranquillité des villages du Rif jusqu'à M'diq où les attendaient avec la complicité de la marine, les passeurs de drogue, qui leur ouvrait le passage maritime en traversant le détroit à l'est.
Le cartel à Rabat introduisait et vendait des armes à La Salafiya Jihadiya[41]

Ce cartel démantelé au Maroc, apporta à Marseille quelques éléments.
A l'origine les trois quarts des faits des pègres locales relevaient de la délinquance spécialisée ; les organisations étrangères s'attribuaient le quart restant.

Le décloisonnement du renseignement instaura une approche de lutte contre les groupes criminels. Le SIRASCO en étroite collaboration avec INTERPOL et EUROPOL intégrèrent dans leurs analyses les ramifications et les alliances des organisations criminelles en dehors des frontières françaises.

◆

---

[41] Formé entre le milieu et la fin des années 90, Salafiya Jihadiya est une organisation terroriste islamiste basée au Maroc.

Marseille, et Paris permettent aux trafiquants de l'ex-Yougoslavie des dépôts tampons d'armes qui fournissent le banditisme. La Serbie quant à elle, les commercialise afin d'en tirer un bénéfice à la revente.

Tandis que des groupes turcophones tiennent le marché de l'héroïne et de la cocaïne, ils devancent ceux des Balkans.

Des rivalités naissent entre les organisations criminelles russophones (quatre en PACA et une en Normandie) ; les assassinats et/ou tentatives d'assassinat sont recensés et laissent penser que d'autres actions violentes surviendront.

La France est devenue un territoire d'investissement, mais aussi de blanchiment ; les résidences de luxe à Paris, sur la Côte d'Azur et en Savoie émanent d'oligarques ou de criminels qui depuis vivent normalement.

Dans les régions niçoise et lyonnaise, ce sont les « mafias entrepreneuriales » dans les secteurs du bâtiment, de l'immobilier, de la confection et de l'outillage électronique qui reviennent en force jusqu'à Monaco.

La prostitution s'installe à Paris dans le quartier « Strasbourg-Saint-Denis ». Elle se spécialise dans les salons de massage. Les grandes villes de province attirent aussi ces salons qui sont tenus par des chinoises, mariées à des retraités français.

Des associations de motards se constituent en véritables gangs rivaux de Nîmes à Colmar. Ils s'organisent en chapitres et/ou clubs affiliés et se rassemblent lors d'évènements comme les

Free Wheels à Courpière (Puy de Dôme). Ils provoquent la dissolution des associations de moto-clubs traditionnels par des agressions violentes. En février 2011, l'Office central de lutte contre le crime organisé (OCLCO) a mis en cause plusieurs membres français des Hell's Angels pour une fusillade en Belgique. Les interpellés possédaient un stock de balles de 9 mm et un gilet pare-balles. Trois cadavres ont été découverts en mai dans une camionnette en Belgique.

♦

Les scènes décrites sont celles d'une guerre entre chiites et sunnites, mais aussi entre producteurs et narcotrafiquants.
Personne n'y gagne, sauf les narcotrafiquants qui, comme les araignées tissent leur toile sur tous les continents. Le marché de la drogue est en pleine expansion malgré les efforts des douaniers, policiers et agents secrets.

Quant à l'Union Européenne, consciente du taux de mortalité lié à la toxicomanie met en place une stratégie antidrogue pour lutter contre les conséquences immédiates et à long terme sur la santé, le développement social et psychologique.

Comment ne pas s'en alarmer ?

L'Etat ne devrait céder ni à la fatalité du développement de la toxicomanie, ni à la facilité des solutions de façade.

Cette fiction s'inspire de faits réels. Les protagonistes et leurs propos sont de pure imagination.

Les documents suivants ont été les plus utiles pour sa rédaction :

Les lettres du Centre d'Etudes et de Recherches en Toxicomanie (C.N.P.E.R.T)
Le blog du C.N.P.E.R.T
Les actualités rapportées dans des livres ou des articles .

♦

Du même auteur

♦

Aux Editions BoD

Books on Demand
12/14 rond-point des Champs Elysées
75 008 Paris

♦

Impression : BoD-Books on Demand,
Norderstedt, Allemagne

♦

FICTIONS

1. *L'Oiseau de Kerguestenen*

2. *Enough of this hell*

   (Assez de cet enfer)

♦

TABLE DES MATIERES

♦

Avant-propos	2
Prologue	8
I. Marseille	14
II. Je suis berbère, le Rif marocain est ma patrie	21
III. Marseille – Quartier Castellane	24
IV. Une voiture s'arrête	27
V. L'Evêché – briefing	28
VI. Rif Marocain	46
VII. Lieu de l'accident	57
VIII. D.G.S.E.	58
IX. « L'Evêché »	60
X. La guerre en Syrie – D.G.S.E.	65
XI. Le cartel des drogues	71
XII. L'organisation internationale	82
XIII. Un pied dedans…	86
XIV. Comment Hamed refuse la culture du cannabis	90
XV. Quelque part en Syrie	94
XVI. La doctrine djihadiste	97
XVII. Quand l'informatique accumule les preuves	99
XVIII. Dalil s'affole	101
XIX. Hamou relance son père, suite à différentes menaces	103
XX. Allan se confesse à son père	106
XXI. Quand Dalil est amené par un véhicule de police	110
XXII. Palais Royal de Rabat	111
XXIII. Quand Patricia médecin et ami des parents d'Allan l'informe des dangers de	

la drogue	113
XXIV. Quelque part dans le désert de Mohave (Californie)	119
XXV. Quand sa Majesté s'invite à Ben Guerir	126
XXVI. Opérations « Rhomara –Jebala »	130
XXVII. Syrie - Forces Spéciales Françaises	135
XXVIII .Rumeurs et jalousies dans Le quartier de commandant Naouri	141
XXIX. Hôpital de la Conception.	144
XXX. Quand le chef de réseau s'inquiète pour son matricule…	147
XXXI. Opérations « Rhomara-Jebala »- Déclenchement	149
XXXII. Quand le commandant Naouri est lâché sur drone	151
XXXII. Dalil coopèrera t'il ?	160
XXXIV. Opérations « Rhomara-Jebala » Quartier général du Makhzen	172
XXXV. Layla est traumatisée par la violence des paroles de son compagnon	178
XXXVI .La mission « Raijin » donne des frayeurs	180
XXXVII. Forces spéciales Françaises en Syrie	183
XXXVIII.. Opérations « Rhomara-Jebala » - aveux	184

XXIX. Najem reprend ses esprits	188
XL. Syrie -Le commando à terre se prépare à l'action	192
XLI. Opérations « Rhomara-Jebala »- Transfert des prisonniers	195
XLII. Naouri ne répond pas à son frère Hamou	200
XLII I. Forces spéciales Françaises en Syrie Redéploiement des forces	203
XLIV. Quand Salmane se rend compte du danger.	206
XLV. Opérations « Raijin »	208
XLVI .Le commando des Forces Françaises intervient	210
XLVII. Le colonel invite le commandant à le suivre dans son bureau	213
XLVIII. Quand la stratégie dynamique chez Salman dépend de son degré d'activité	218
LIX. Dalil reprend l'entrainement à L'O.M	220
L. Le Roi du Maroc appelle Hamed	229
LI. Dalil fait connaissance avec Les services secrets marocains	231
LII. Cérémonie militaire pour le retour du commandant Naouri	241
LIII. Quand Dalil découvre la supercherie	245
Epilogue	250

Table des Matières 256
Résumé 260

♦

© 2016, Jacques Le Marrec

Edition : BoD - Books on Demand
12/14 rond-point des Champs Elysées, 75008 Paris
Impression : Books on Demand GmbH, Norderstedt, Allemagne
ISBN : 9782322112906
Dépôt légal : Septembre 2016

Assez de cet enfer
Enough of this hell
♦
En 2003, l'invasion américaine de l'Irak déclencha une guerre civile entre chiites et sunnites irakiens.
 La branche irakienne d'Al-Qaida y développa un djihad spécifiquement anti chiite, et forma, avec le renfort d'anciens cadres du régime de Saddam Hussein, la matrice de l'actuelle organisation Etat islamique (EI).

Comment n'être pas traumatisé devant une problématique qui ne cesse de naviguer entre :
- Les deux rives de la Méditerranée (Celle de la côte Africaine et celle de l'Europe),
- Deux courants de pensée (Ceux qui requièrent la légalisation du cannabis et ceux qui dénoncent la chaîne de complaisance et de complicité avec le lobby de la drogue)
- Et cerise sur le gâteau, un terrorisme omniprésent !

L'auteur met en scène les membres d'une famille de Berbères du Rif marocain qui, pour survivre, s'expatrieront et combattront contre les cartels et le djihad
La drogue et la désinformation piègent les jeunes populations, comme elle rend esclaves les producteurs de cannabis et les jeunes djihadistes
ISBN : 9782322112906
♦
Jacques le Marrec est diplômé de l'Ecole Nationale de Santé Publique de Rennes.